Fati Elfa

Je te vois d'ici…

Fati Elfa

Je te vois d'ici…

Roman

Je te vois d'ici...

Le code de la propriété intellectuelle art L.122-4, stipule que toute représentation ou reproduction intégrale ou partielle faite sans le consentement de l'auteur ou de ses ayants droits ou ayants cause est illicite. Cette représentation ou reproduction, par quelque procédé que ce soit, constituerait donc une contrefaçon, sanctionnée par les articles L.335-2 et suivants du Code de la propriété intellectuelle.

Copyright © 2024 Fati Elfa
ISBN : 978-2-3224-7751-7
Dépôt légal : Janvier 2025
Graphiste : Léna Lucilly

Édition : BoD · Books on Demand,
31 avenue Saint-Rémy, 57600 Forbach,
bod@bod.fr
Impression : Libri Plureos GmbH,
Friedensallee 273, 22763 Hamburg
(Allemagne)

Fati Elfa

A tous ceux qui font de la limonade tous les jours avec leurs amers citrons…

Je te vois d'ici...

A mes parents sans qui tout cela n'aurait jamais été possible. A toi Dad…A mes sœurs, mes piliers, mes meilleures amies, à mon syndrome de l'imposteur sans lequel je ne me serais jamais dépassée. A mes responsabilités, au manque de temps et à mes épreuves qui m'ont appris que la seule manière d'y arriver était de continuer lentement avec constance et de tout mon cœur. Mais surtout et par-dessus tout à mes enfants, ma plus grande réussite, mes anges qui m'ont donné l'éternité. A tous les enfants du monde, ceux d'hier, d'aujourd'hui et de demain.

Fati Elfa

Fati Elfa est née dans les années 80, à Nîmes, ville du Sud de la France, bercée par le mistral et les doux bruissements des feuilles de vignes. Fati Elfa a grandi dans un Mas, lieu fantastique pour un enfant, qui lui a permis de développer une imagination sans bornes. Elle n'abandonnera jamais ses passions pour la musique et l'écriture qui lui permettent de faire de la bonne limonade ;). Fati Elfa est éducatrice, elle accompagne des enfants et des adultes en situation de handicap et en difficulté. Des enfants, en qui, elle essaie de planter une petite graine d'amour, d'abord pour eux-mêmes et qui, elle l'espère, grandira pour les nourrir toute leur vie.

Je te vois d'ici...

Pardonner rend fort et léger celui qui croule sous le poids de l'injustice des autres.
Jacques Nteka Bokolo

Ce que vous niez vous soumet, ce que vous acceptez vous transforme.
Carl Jung

Nous ne pouvons jamais juger la vie d'autrui car chacun sait sa propre douleur, son propre renoncement. C'est une chose de croire que l'on est sur le bon chemin, une autre de croire que ce chemin est le seul.
Paulo Coelho

Fati Elfa

Je te vois d'ici...

CHAPITRE I

Une rentrée comme les autres

Allait-elle vraiment le faire ? Allait-elle faire ce dont tout le monde rêvait au moins une fois dans sa vie ? Pourrait-elle la rendre, elle aussi ? Elle resta un long moment à scruter l'horizon avant d'apercevoir un papillon qui virevoltait autour d'elle. Elle leva son index haut vers le ciel espérant que celui-ci se posa dessus. L'espoir était la seule foi qui lui restait à dire vrai ces derniers temps et dans un miracle de foi, le sublime papillon se posa sur cet index tendu vers le ciel comme une main tendue vers la compassion. Elle retint son souffle de peur que cette chance ne soit qu'un mirage et que comme tous ses petits bonheurs elle ne lui soit encore retirée sans aucune pitié. Elle était émerveillée par la beauté de cet insecte qui n'était rien d'autre qu'une chenille habillée de ses plus belles parures. Ses ailes étaient parsemées de violet avec une prédominance de la couleur bleu roi, ces couleurs hypnotiques stimulèrent encore plus l'imagination de la jeune fille. Il était devenu pour elle un papillon de sang royal, roi de tout un peuple de papillons qui d'un battement d'aile lourd et léger à la fois pouvait bouleverser le monde d'à côté. Elle l'imaginait entouré d'une cour ennuyeuse et pompeuse et se plaisait à croire que ces moments passés avec elle étaient une échappatoire à toutes ses obligations de monarque. Le temps s'était figé, elle voulait le retenir, ce moment, où la lumière venait de transpercer son

Fati Elfa

obscurité et où elle pouvait momentanément panser ses pensées. Un moment entre parenthèse, un moment où l'on oublie qu'on existe, un moment privilégié. Le papillon restait posé, là, sur le sommet de son index surplombant le monde, le froissement rapide de ses ailes se mêlait au doux bruissement des arbres du verger jouxtant la clairière dans laquelle elle venait tous les jours de l'été qui venait de s'écouler. Les branches et les feuilles, caressées par une douce brise entamèrent ensemble la plus belle des symphonies comme une promesse d'infini. Elle rapprocha son index pour observer de plus près le papillon, elle en regardait les moindres détails, les moindres dégradés de couleur qui alternaient sur ses ailes. Les premières feuilles tombaient et tapissaient le sol d'or tandis que d'autres résistaient encore refusant de lâcher leurs branches. Les arbres semblaient mourir mais c'était le contraire, ils étaient plutôt prêts à tout recommencer.

— Salut moi c'est Sophie mais tout le monde m'appelle Fifi dit-elle en chuchotant juste au-dessus de ses antennes pour ne pas l'effrayer.

Elle esquissa un sourire malicieux, puis comme un maestro d'opéra, d'un léger et gracieux mouvement, elle releva son index encore plus haut vers le ciel et donna l'impulsion nécessaire au papillon pour s'envoler. La jeune fille éclata de joie en regardant le magnifique papillon prendre son envol vers l'inconnu, elle adorait faire ça ! Elle adorait contempler ces magnifiques papillons comme elle le faisait avec lui. Fifi s'allongea sur l'herbe pour regarder le papillon s'éloigner en direction du ciel, battant de ses

Je te vois d'ici...

ailes pour se confondre avec les couleurs chatoyantes du coucher du soleil. Il lui sembla à cet instant que tout était au ralenti et que chacun de ses battements d'aile saupoudrait un peu de poudre magique sur le monde qu'il survolait Elle se demanda jusqu'où il pouvait voler, s'il pouvait dépasser les nuages et s'il se souviendrait d'elle. La jeune fille resta étendue sur l'herbe un long moment, perdue dans ses pensées et fixant les nuages qui passaient tandis qu'à quelques mètres, une ombre l'observait, tapie derrière les hautes herbes. Ici, tout était si paisible, si facile, cela contrastait avec la tempête qui se déchainait dans sa tête, tout fusait et explosait, un million de pensées, un million d'images pour un million de souvenirs. Elle était encore jeune mais elle pensait à des choses auxquelles peu de jeunes gens de son âge pouvaient penser. Elle était certes très mature, c'était parfois un privilège mais c'était aussi une prison pour elle, elle se sentait souvent impuissante, dépassée et étouffée par toutes les pensées qui tournaient en boucle dans sa tête. Elle n'aspirait qu'à une chose, celle de ne plus penser, ne plus réfléchir, ne plus se poser toutes ces questions et être enfin heureuse. Elle aurait parfois espéré être une de ces personnes bêtes et stupides pour être elle aussi une de ces imbéciles heureuses. L'ignorance malgré sa laideur était à ce moment-là pour Fifi bien plus attrayante que toutes ses réflexions sur la vie et ses pensées qui la dévoraient parfois de l'intérieur. La liberté c'était le luxe de ce papillon, une chenille qui avait eu à une deuxième chance et qui l'avait saisi ! C'était une liberté à laquelle elle aspirait elle aussi de tout son être, la liberté d'être soi-même et d'être de surcroît aimé pour cela tout comme ce papillon qui venait de prendre son envol. Fifi et son père avaient l'habitude de faire de longues promenades tous les dimanches dans la forêt et ce, qu'il

Fati Elfa

vente, qu'il pleuve ou même qu'il neige. Un jour, lorsqu' elle était un peu plus jeune et qu'ils se promenaient main dans la main dans la forêt, Fifi avait brusquement lâché la main de son père pour s'accroupir au sol. Elle venait de découvrir une chrysalide sur une mousse verdoyante quand elle prit un bâton qu'elle tendit vers cette drôle de découverte. Elle hésita tout d'abord puis avec non sans un certain dégoût elle retourna la petite forme blanchâtre avec son bâton.

— Qu'est-ce que tu fais ma chérie ? lui demanda tendrement son père alors qu'il s'accroupissait auprès d'elle.

— Regarde papa, c'est quoi ça ?

— Ça c'est une chrysalide ma chérie.

— Beurk ! C'est moche ! On dirait une momie !

Son père esquissa un doux sourire avant de lui demander :

— Est-ce que tu aimes les papillons ma chérie ?

— Ah oui ! Ça, c'est beau !

— Alors tu devrais aimer cela aussi lui dit-il en prenant la chrysalide délicatement entre ses doigts.

Je te vois d'ici...

Ce jour-là son père lui expliqua comment les femelles papillons donnaient naissance à des larves qui devenaient par la suite des chenilles qui s'enveloppaient elles-mêmes dans un cocon.

— C'est à l'intérieur que la métamorphose se produit ma chérie lui dit-il en déposant la chrysalide dans sa main.

— Alors ce qu'il y a dedans c'est un pion ?

— Oui, pendant sa transformation on l'appelle la chrysalide.

La petite fille scruta de plus près la chrysalide, sa paroi opaque laissait apparaître une forme à l'intérieur.

— Et il sortira quand le paillon papa ?

— Le pa-pill-on, ma chérie, la reprit-il en l'embrassant tendrement.

— Quand il sera prêt ma chérie, quand il sera prêt…

Cette phrase résonna longtemps dans sa tête, comme résonnent les promesses dans les cœurs.

Fati Elfa

« Je serai toujours là pour toi ma chérie » lui avait-il dit tendrement ce jour-là.

Le papillon était libre désormais pensa-t-elle mais il ne l'avait pas toujours été, enfermé dans son propre cocon. Elle pensa à ses doux moments avec son père, des moments pleins d'aventures et de découvertes, le sourire de son cœur se retrouva sur ses lèvres mais ensuite une tristesse assombrit son visage qui portait depuis plusieurs jours des cernes bleutées. Elle aurait aimé être quelqu'un d'autre, tout sauf elle, mais elle n'était rien qu'elle, rien que cette pauvre Sophie Brau ! La jeune fille se demanda comment un insecte, qui, au départ était aussi laid pouvait devenir aussi beau et finir par s'envoler. Avait-il senti sa propre transformation ? Et dans quel état s'était-il senti le mieux, chenille ou papillon ? Deviendrait-elle un papillon elle aussi ? Ou resterait-elle une chenille repoussante ? L'avantage d'être chenille, c'était d'avoir son cocon, un refuge contre le monde entier pensa-t-elle, toujours allongée, une brindille à la bouche. Après tout se dit-elle peut-être était-ce la chenille qui s'en sortait le mieux, celle qui était le plus en paix malgré sa laideur repoussante. C'était sûr ! Si elle avait été une chenille, elle n'en serait jamais sortie, elle, de son cocon ! Mais alors aurait-elle fini par mourir, enfermée là-dedans ? Est-ce qu'une chenille qui refuse de se transformer en papillon peut survivre longtemps dans son cocon ? Pouvait-elle refuser de sortir de son cocon sans en payer les conséquences ? Le soleil déclinait presque à vue d'œil jetant des tâches d'or sur les couches de feuilles mortes. Un calme absolu régnait en ces lieux de nature magique, toute nature même la plus minuscule devenait ombre immense.

Je te vois d'ici…

Les brindilles d'herbes se transformaient en tronc d'arbre géant, les petits cailloux en monts et vallées et sa propre ombre, faisait d'elle un colosse. Une partie de la Terre tournait le dos au soleil comme elle aurait voulu tourner le dos à tout ça…Tout ce qu'elle voulait c'était ne plus jamais souffrir. Elle prit une dernière bouffée d'air dans cette nature qu'elle affectionnait parce qu'elle lui ressemblait dans sa joyeuse solitude. Soudain, une envolée d'oiseau la détourna de toutes ses pensées, elle se retourna et crut voir quelque chose bouger dans les hautes herbes à quelques mètres d'elle. Elle se releva pour se diriger vers ces hautes herbes desséchées qui dansaient au gré du vent lorsqu'elle se ravisa se rappelant qu'il fallait se dépêcher d'aller à la superette avant qu'elle ne ferme et puis il fallait se préparer car demain serait le premier jour d'école après les vacances d'été.

Fifi entra dans la supérette près de chez elle et prit un panier. Elle longea d'abord plusieurs fois les différents rayons avant de jeter un regard rapide aux caméras du magasin et de glisser discrètement dans sa besace un paquet de biscuits, puis de chocolat, elle y glissa aussi un paquet de pâtes. Elle était rodée, ce n'était pas sa première fois. Elle passa ensuite dans le rayon maquillage, produits d'hygiène, elle hésita quelques instants puis expira un bon coup et glissa à nouveau dans sa besace deux petits flacons de parfums. La jeune fille avait une grande passion pour les parfums, elle collectionnait en effet les flacons vides pour les entreposer sur une de ses étagères, mais elle s'appliquait avant tout à les vaporiser dans toutes les pièces de sa maison et notamment sur le linge de maison. Il y avait aussi des rouges à lèvres sur le présentoir, elle décapsula le bouchon de l'un d'entre eux qui était

Fati Elfa

rose pâle et dont elle tapota le bâton sur ses jolies lèvres charnues. Elle pinça légèrement ses lèvres puis se regarda un instant dans le petit miroir accroché en face d'elle, son regard était plein de dégoût, de dégoût envers elle-même puis avec le revers de sa main elle essuya énergiquement le rose de ses lèvres. Elle mit deux ou trois choses dans son panier, histoire de montrer qu'elle avait acheté quelques articles puis se dirigea vers les caisses. A peine eut elle déposé son panier en caisse qu'elle remarqua l'échange de regard entendu entre la caissière et le vigile. Sans hésitation Fifi bazarda son panier sur la caissière et s'enfuit à toute allure ! Le vigile réussit à l'attraper par le col de sa veste mais Fifi qui se débattait comme un animal piégé réussit à se dégager et à lui mettre un bon coup de pieds dans les castagnettes. Le vigile poussa un cri aigu des plus déconcertant tandis que Fifi reprenait sa course vers la sortie. A peine eut-elle franchi la porte de sortie qu'elle fut saisie d'un irrépressible fou rire. Elle courut le plus loin possible en riant comme une folle ! Elle n'arrivait plus à s'arrêter de rire, elle riait jusqu'aux larmes et puis avoir volé tout ça avait été si excitant, si exaltant ! Elle repensa à la tête de la caissière se prenant le panier puis à la tête du vigile criant à tue-tête ! Elle riait tellement qu'elle en eut mal au ventre et tandis qu'elle reniflait de rire elle s'allongea sur un coin de pelouse qui longeait la route. Elle regardait à nouveau le ciel dans l'espoir ridicule de revoir son beau papillon. Décidemment, elle l'aura regardé ce ciel ces derniers temps. Elle se demandait ce qu'il y avait après, si les gens qu'on avait aimé étaient vraiment là-bas ? On disait « il est parti au ciel », des mots qui étaient inutiles, trompeurs et surtout cruels pour ceux qui restaient parce qu'ils n'avaient pas été emmenés. Les rires

Je te vois d'ici...

laissèrent place au silence, elle resta un instant ainsi, se demandant comment on arrêtait de penser, n'y avait-il vraiment qu'une seule solution ?

— Merde ! Je suis grillée dans ce magasin maintenant ! s'écria-t-elle tout d'un coup.

Farah, Gabriela et Clara faisaient toujours le chemin ensemble pour aller à l'école. En ce jour de rentrée, tous les enfants étaient particulièrement bien apprêtés mais ce n'était rien à côtés de ces trois filles-là ! En effet, c'étaient les petites fashionistas de l'école, toujours bien habillées avec des vêtements de dernières tendances. Ce trio de jolies poupées était aussi adulé que craint, il suffisait qu'elles jettent leur dévolu sur vous pour que vous deveniez à leur guise le paria ou le pantin de l'école. Un paria avait été désigné l'année dernière mais nouvelle année oblige il fallait en trouver un autre. En ce jour de rentrée il ne faisait pas bon de transpirer ne serait-ce qu'un brin de sensibilité auquel cas vous auriez été un très bon candidat pour le poste. Sur le même chemin qui menait à l'école, Fifi traînait des pieds, l'air déprimé, allant à l'école comme on allait à l'échafaud. Ses yeux ne quittaient pas de vue ses vieilles godasses, qui semblaient dire l'une à l'autre d'aller voir ailleurs si elle y était. Il ne restait plus que quelques mètres avant d'atteindre le portail de l'école lorsque le trio de fashionistas croisa son chemin, elles lui barrèrent le chemin et l encerclèrent, une meute de loup est plus vaillante qu'un seul loup. Quand Fifi leva le nez de ses vieilles chaussures, elle fut bousculée par l'une des poupées.

Fati Elfa

— Mais fais attention pauvre laide ! lui cria Clara qui la regardait de haut en bas.

— Toi-même tête de fion ! s'écria Fifi, la voix tremblotante.

— Ouais fais attention la clocharde ! renchérit Gabriela, qui était somme toute la leader et la plus méchante des trois.

Gabriela ne ratait jamais une occasion d'humilier ses camardes, elle pouvait avoir une telle haine et une telle animosité qu'on se demandait parfois si elle n'allait pas en venir aux mains. Voilà, adieu les beaux jours de tranquillité, c'était la rentrée pour Fifi. Ce qui était étrange c'est que Fifi pouvait apercevoir dans le regard de Gabriela quelques onces de remords qui n'étaient perceptibles qu'un dixième de secondes avant qu'un regard froid ne reprenne aussitôt le dessus. Farah s'approcha de la pauvre Fifi, gonfla une grosse bulle de chewing-gum avec un regard moqueur et la laissa éclater au plus près de son visage avant de lancer :

— T'es qu'un sac à merde !

Fifi aurait voulu en découdre avec elles malgré ses jambes qui tremblaient mais elle avait promis à sa mère. Elle ravala sa fierté mais elle ne baissa pas la tête. La sonnerie retentit et elles se détournèrent de Fifi, elles se détournèrent d'elle comme un chien qui lâcherait son os. En passant le portail Gabriela jeta un dernier

Je te vois d'ici...

regard sur Fifi, qui crut y lire à nouveau une compassion furtive avant de reprendre son rôle de méchante auprès de ses copines.

CHAPITRE II

A la recherche de l'amour perdu

Un léger vertige la saisit, elle aurait voulu disparaître, maintenant, et ne plus être là pour ne pas souffrir. Un peu plus tard la sonnerie retentit pour la récréation de dix heures, Fifi n'avait personne à qui parler et pour ne pas rester seule dans un coin où elle paraîtrait plus vulnérable, elle faisait sans arrêt le tour de la cour, marchant ainsi inlassablement et espérant surtout passer inaperçue. Elle se disait qu'en restant ainsi en perpétuel mouvement personne ne la remarquerait. La jeune fille était longiligne et très grande pour son âge, sa taille lui avait valu souvent des moqueries et peu de sollicitude de la part des adultes qui la prenaient souvent pour plus âgée qu'elle ne l'était. Elle avait de longs cheveux marrons qu'elle relevait en un chignon roulé en boule. Elle avait de magnifiques yeux en amande couleur miel et de belles joues qui avaient bruni sous le soleil de l'été. Le pantalon gris qu'elle portait était devenu trop petit pour elle, ce qui lui donna une allure de géante mal fagotée. Elle avait pourtant jadis porté de beaux vêtements, tendance et parfois couteux, sa mère l'avait toujours emmené avec elle faire du shopping mais cet été-

Fati Elfa

là cela n'avait pas pu être possible. Fifi se mit donc à longer les grilles de l'école espérant que le temps passe plus vite, ce temps de récréation que tout le monde attendait avec impatience était pour Fifi un terrible moment de solitude. Elle regardait les groupes d'enfants se rassembler pour jouer aux billes ou à la marelle, d'autres qui s'échangeaient des goûters mais, elle, elle n'avait toujours fait face qu'à du mépris de leurs parts, ils l'ignoraient totalement. Elle se revoyait l'année dernière lorsqu'elle venait d'arriver toute nouvelle dans cette école et qu'elle avait tenté à plusieurs reprises d'intégrer un groupe ou de discuter avec d'autres enfants. Certains pouvaient jouer un peu avec elle mais cela ne durait jamais vraiment longtemps, elle finissait toujours par être bannie du groupe. Aujourd'hui, elle n'essayait même plus, soit elle était moquée, soit simplement ignorée elle n'aurait su dire ce qui était le pire. Elle vivait ainsi au gré des récréations dans la solitude au milieu d'une foule d'enfants, gravitant autour d'eux, elle réussissait parfois à figer le temps dans sa tête. Elle les voyait tous autour d'elle jouer, courir, sauter comme dans un ralenti avec tout ce brouhaha qui résonnait. Elle aurait souvent voulu s'enfuir et échapper à tout ça, elle se sentait prisonnière, une boule à la gorge et une autre au ventre. Elle se sentait condamnée dans une sorte de purgatoire devant expier des péchés dont elle ne voyait que l'ombre.

Elle fut tirée de ses pensées lorsqu'un garçon la dépassa en lui criant :

— Va plus vite !

Je te vois d'ici...

Le garçon entreprit une marche rapide, voilà qu'il faisait lui aussi des tours de cours mais il allait plus vite qu'elle. La jeune fille le regarda s'éloigner du coin de l'œil, elle ne l'avait encore jamais vu celui-là. Il était petit de taille mais semblait plus âgé que les autres, il était mince et semblait agile vues les pirouettes qu'il s'employait à faire devant elle. Elle continuait à marcher inlassablement autour de cette cour, caressant de sa frêle main les grilles entourant la cour. Alors qu'elle n'avait pas encore fini son tour, le garçon la dépassa à nouveau.

– Tu rigoles là ! Tu vas pas plus vite là ! Allez !

Fifi détourna son regard de lui pour se focaliser à nouveau sur sa main glissant le long de chaque barreau de la grille. Elle avait appris à ne plus entendre personne, se créant une bulle protectrice, mais tout de même, pensa-t-elle, pour qui se prenait-il celui-là ?!

Au troisième tour, il ralentit jusqu'à arriver à son niveau :

– Moi j'm'appelle Adam, tu sais comme le premier homme ! lui dit-il en mimant un singe qui se gratte la tête tout en louchant.

Au quatrième tour Adam lui dit :

– Je suis nouveau !

Fati Elfa

« M'en fous » pensa-t-elle.

Fifi se détourna à nouveau de lui et continua à déambuler autour de la cour, espérant qu'il disparaisse comme tous les autres. Elle craignait d'être une nouvelle fois la proie d'un de ces « moqueurs » sans scrupule qui suivait l'effet de masse, on lui avait déjà fait le coup de faire semblant de s'intéresser à elle en récoltant quelques informations pour ensuite la ridiculiser et se moquer d'elle en prenant bien soin d' appuyer là où ça faisait mal. Adam continua à faire des tours de cours, sa façon de courir était hilarante, si seulement elle avait daigné le regarder, la jeune fille en aurait bien ri.

— Et de onze ! s'écria-t-il essoufflé.

Toutes les récréations se ressemblèrent, Fifi faisait ses tours de cour avec Adam qui tournait autour d'elle, telle une planète en orbite. La jeune fille restait silencieuse, elle refusait de le laisser entrer comme elle avait laissé entrer tout ce qui avait fini par lui faire mal. Plusieurs semaines s'écoulèrent ainsi, sans que la jeune fille ne décrochât un mot à ce drôle de pantin désarticulé qui courait devant elle, il était beaucoup trop bavard à son goût. Elle commença à se demander d'où sortait cet étrange garçon qui n'était décidément pas comme les autres ! L'automne commençait à recouvrir la cour de ses belles feuilles marrons et oranges, la nature était en mutation et cela émerveillait Fifi. Elle continua sa

Je te vois d'ici...

marche lorsqu'elle vit le trio infernal se planter soudainement devant elle, lui barrant le passage une nouvelle fois. Bizarrement Fifi ne fut étonnée, ce qui l'étonnait plutôt c'était que ça ait pris autant de temps avant qu'elles ne reviennent l'importuner. Elle avait même pensé avec soulagement mais très brièvement qu'elles l'avaient totalement oubliée.

— Alors la clocharde, moman t'a toujours pas acheté de vêtements ?! lança Farah en faisant la moue.

— Mais regardez-moi ça ! repris Clara en tirant violemment sur le vieux pull en laine de Fifi qui s'étira comme un vieux chewing-gum.

— Lâche-moi petite conne ! cria Fifi les yeux déjà embués de larmes.

Ne pleure pas ! Ne pleure pas ! s'hurlait-elle dans sa tête à elle-même.

Elle ne comprenait pas pourquoi ses yeux pleuraient alors qu'elle essayait tant de les en empêcher ! Elle redressa fièrement sa tête pour leur faire face tandis que ses lèvres se mettaient à trembler. Elle ne comprenait pas pourquoi tout la touchait si profondément, pourquoi tout la faisait souffrir à ce point. Pourquoi les autres semblaient si forts alors qu'elle était si faible ? Mais ironiquement c'était par cette sensibilité même qu'elle n'arrivait pas à rejeter cette faiblesse.

Fati Elfa

— Oh ! Mais dites-moi elle est moins timide que l'année dernière celle-là ! Mais dis-moi t'as quel âge, Tu comptes passer ta vie ici ? continua Clara sans pitié.

— Et ces cheveux regardez ! s'écria Clara en faisant un mouvement de recul.

— Comme elle est moche, c'est pour ça que ta mère ne s'occupe pas de toi ?! Elle te trouve trop moche elle aussi ! Oh pauvre petite ! dit Gabriela en avançant la bouche tordue en une moue moqueuse.

Fifi ressentit une douleur lancinante tandis que ses yeux s'humidifiaient et que ses épaules s'arrondissaient mais elle continua à serrer les poings pour se montrer forte. Elle aurait voulu courir pour échapper à ces meurtrissures invisibles mais bien réelles. Mais rien à faire ses jambes tremblaient beaucoup trop pour arriver à courir, à ce moment précis, elle détestait ces longues jambes inutiles et ces yeux larmoyants qui ne voulaient lui obéir. Elle aurait voulu leur montrer qu'elle n'avait pas peur mais tout son corps la trahissait, lui aussi.

— Laissez-la bande de pestes !

Je te vois d'ici...

C'était Adam, il faisait face aux trois filles mais il était si chétif à côté d'elles que ça en était presque ridicule. Le torse bombé, les poings serrés et la tête haute surprirent le trio qui n'avait pas l'habitude qu'on le défia ainsi. En moins de temps qu'il fallait pour le dire, le trio infernal changea de proie, cela semblait les exciter. Elle se tournèrent toutes les trois vers le misérable petit asticot qui osait les défier.

- Pfff tu viens d'où toi ? demanda Gabriela en le regardant avec mépris de haut en bas.

- Mes parents sont Camerounais et ils pratiquent le cannibalisme. Toi venir dîner case ce soir ? rétorqua-t-il avec un accent Africain des plus détonants !

Farah pouffa de rire avant de se reprendre devant la mine déconfite de Gabriela.

- T'as l'air d'être un vrai crétin toi dit Gabriela.

- Oui pour sûr, désolé de te faire de l'ombre !

Et cette fois-ci c'était Fifi qui pouffait de rire, les trois poupées semblaient déroutées.

- Pas la peine de réfléchir, y a rien la d'dans ! lança-t-il en tirant la langue et roulant des yeux tel un zombie.

Fati Elfa

Adam saisit Fifi par la main, ils s'enfuirent ensemble, plantant ainsi les trois petites pestes scotchées devant tant de répondant et d'aplomb. Dans un coin de la cour se trouvait une imposante table de ping-pong faite de béton sans doute vestige de nombreuses parties de ping-pong enflammées d'antan, le petit garçon attira Fifi sous la table bétonnée. Ils plongèrent ainsi ensemble à la façon d'un Indiana Jones qui passerait la porte in extremis avant que celle-ci ne se referme derrière lui. Cette table avait toujours trôné ici dans ce coin de la cour et sous cette table, dans son ventre ils semblaient s'être mis à l'abri du mal. La table était verte mais la peinture s'écaillait laissant paraître un gris austère. Les larges pieds de la table semblaient s'ancrer profondément sur le sol, un sol goudronné. La nature semblait vouloir reprendre ses droits, là où le goudron se craquelait quelques touffes verdâtres semblaient reprendre le dessus sur ce sol muselé. Les grands pieds de cette table étaient en forme de larges colonnes, si larges qu'elles pouvaient cacher en grande partie les enfants qui venaient de s'y réfugier. Elle trônait là, au milieu de cet océan d'enfants tel un iceberg, dont la partie visible n'était rien en comparaison de sa partie invisible. Évidemment personne n'y jouait au ping-pong, elle servait de banc plutôt perché où certains enfants assis en tailleur papotaient, se susurraient des secrets à l'oreille ou manigançaient malicieusement quelques supercheries. A l'abri sous cette table, son cœur battant encore la chamade, la jeune fille se cala contre l'un des piliers de la table, elle ramena ses longues jambes contre sa poitrine et reposa sa tête sur ses genoux. Elle resserra son étreinte contre ses genoux de sorte à avoir la sensation

Je te vois d'ici...

d'être enlacée, elle aurait tant voulu que quelqu'un la prenne dans ses bras, la réconforte et lui fasse sentir qu'elle était importante. Elle releva un instant la tête pour regarder Adam, qui lui souriait. Fifi se mit à sourire aussi, elle repensait à la façon dont il avait mouché les filles et surtout à leurs regards éberlués. Fifi sentit une vague de soulagement la submerger et éclata de rire, encore tout essoufflée, elle fut prise d'une quinte de toux mêlée à un autre fou rire larmoyant. Le petit garçon éclata de rire à son tour, c'est vrai que cela avait été drôle, elle n'avait pas ri comme ça depuis longtemps à l'école.

— Tu veux partir ailleurs ? lui demanda-t-il les yeux brillants de malice.

— Oui plus que jamais.

— Alors écoute moi, j'le fais tout le temps moi ça ! Tu iras dans ton monde rien qu'à toi ! Ta planète à toi ! Comme moi...comme nous autres...

Fifi se recroquevilla un peu plus sur elle-même, elle voulait que tout cela s'arrête et cette proposition était alléchante, elle n'écoutait plus que la voix d'Adam qui lui expliquait comment respirer pour se calmer et comment inviter le calme à l'intérieur de soi.

Fati Elfa

– Il faut que tu aies la foi, que tu y crois ! C'est facile tu verras, pense à l'amour, le plus fort que tu aies ressenti, à la personne que tu aimes le plus au monde.

Fifi plissa fortement les yeux, elle essaya de faire exactement tout ce qu'Adam lui disait de faire mais ses pensées négatives étaient plus fortes. Elle n'y arrivait pas, c'était comme essayer de rejoindre à la nage une île paradisiaque mais que les courants l'en empêchaient. Derrière ses paupières fermées elle vit tous les visages qu'elle connaissait défiler devant elle, des visages tristes et fatigués qui semblaient connaître leurs heures les plus sombres. Elle entrouvrit un œil pour s'apercevoir qu'Adam n'était plus là ! Elle finit par sortir de sous la table pour se lancer à sa recherche mais en vain. Elle se retrouva à nouveau seule au milieu de cette cour, elle détestait ces moments de déceptions et Adam venait de les lui faire revivre. Elle commença à douter de l'existence même d'Adam, l'avait-elle rêvé ou était-il seulement le fruit de son imagination ? Une colère la saisit de s'être ainsi fait avoir ! Voilà que maintenant elle se faisait avoir par elle-même ! La sonnerie retentit, quand soudain réapparut Adam, l'air béat et le sourire aux lèvres. Une joie radieuse irradiait encore son visage lorsqu'il se rangea à ses côtés pour entrer en classe.

– Alors ça va tu t'es bien marré ?! lui chuchota-t-elle d'une voix empreinte de colère.

– Quoi ?

Je te vois d'ici…

– Comment t'as fait ? Hein ? Tu t'es éclipsé pendant que je fermais bêtement les yeux c'est ça ?

– Non ! Mais moi je suis parti dans l'autre monde, je pensais que tu avais réussi toi aussi !

– Pffff… l'autre monde ! T'es dans une secte ou quoi ?!

– Mais…

– C'est de la foutaise tout ça tu t'es bien foutu de moi ouais ! Ne put-elle s'empêcher de lui hurler aux oreilles.

– Mademoiselle Sophie Brau, vous me copierez vingt fois je ne crie pas dans le rang ! lui lança l'enseignante qu'elle n'avait vu arriver.

– C'est tout de même votre deuxième année dans cette classe ! Et même trois si on compte votre année de retard en plus ! Vous êtes trop grande pour ne pas comprendre ça ! la fustigea-t-elle de plus belle.

Fifi se sentie mal à l'aise, tout le monde avait entendu, une énième humiliation, une énième douleur. Elle maudissait à ce moment-là l'institutrice qui ne semblait même pas prendre la mesure de l'humiliation qu'elle venait de lui infliger avec une simple phrase

Fati Elfa

mais Fifi garda un port de tête des plus dignes surpassant toute autre forme de réponse.

— Moi aussi j'ai redoublé tu sais, je suis aussi plus vieux que ces bébés, lui dit Adam pour la rassurer, mais celle-ci l'ignora complètement.

C'était la fin des cours mais Fifi n'avait toujours pas décoléré, elle entreprit de suivre le petit Adam pour savoir où il habitait. Elle avait bien la ferme intention de lui faire écrire à sa place cette punition dont elle avait injustement écopé. Elle le suivit de loin tandis que le jeune garçon sortait de la ville. Elle le vit ensuite longer une voie ferrée qui était abandonnée et envahie par les mauvaises herbes pour finir par entrer dans une grande ferme, une ferme au charme local et bien isolée de la ville. Elle resta ainsi cachée un long moment derrière un tronc d'arbre non loin de l'entrée de la ferme. Elle se demanda un instant ce qu'elle faisait là quand elle se décida à aller frapper à la porte de la ferme mais au moment de frapper à la porte, entendit des fracas et des cris à l'intérieur ! Fifi retint son souffle et colla son oreille contre la porte.

— Laissez-moi tranquille ! Non arrêtez !

C'était la voix d'Adam ! La porte d'entrée était en bois massif avec quelques carreaux de verre en son milieu, une poignée argentée montait et descendait lentement puis elle entendit le loquet de la

Je te vois d'ici...

porte tourner plusieurs fois mais finalement la porte resta close tandis que les hurlements dans la maison reprirent. Là, juste derrière la porte, elle entendit des sanglots d'enfant qui se joignirent aux cris d'Adam. Le cœur de Fifi battait la chamade, elle aurait voulu s'enfuir à toutes jambes mais elle ne pouvait pas ! Encore ces foutues jambes qui ne répondaient pas ! C'est alors qu'elle vit derrière l'un des carreaux en verre une petite tête blonde dont on ne voyait que les cheveux. Elle entendit à nouveau le cliquetis du loquet, le petit enfant tentait de l'ouvrir mais vraisemblablement il n'y arrivait pas. Fifi hésita un instant mais elle ne pouvait pas partir et malgré la terreur qu'elle ressentait elle toqua au carreau.

— Essaie encore ! lui chuchota-t-elle à travers la porte.

Après plusieurs tentatives la porte finit par s'ouvrir enfin sur une petite tête blonde qui la regardait avec un air terrifié mais ce n'était pas d'elle qu'il semblait avoir peur. Elle lança un regard derrière l'enfant avant de le tirer par la main, elle n'avait qu'une envie c'était de se tirer de cet endroit au plus vite. Elle allait sortir lorsque l'enfant lui dit :

— Adam bobo...

Puis il se mit à mimer de ces petits poings ce qu'une main maltraitante pouvait faire. Après quelques pas, Fifi s'arrêta, hésita quelques secondes et torturée par la culpabilité, elle décida de faire demi-tour et d'entrer dans la maison.

Fati Elfa

— Cache-toi là, lui chuchota-t-elle.

Le petit enfant avait le visage mouillé de larmes et de la morve collait à ses petites joues rosies. Fifi lui enjoignit de se cacher derrière un vieux et de ne plus faire aucun bruit. Les cris s'étaient arrêtés et c'était encore plus angoissant, elle s'avança un peu plus profondément dans la maison lorsqu'elle entendit une voix très grave.

— Ça t'apprendra sale petit nègre !

Fifi suivait le son de la voix de l'homme qui la mena au fond de la ferme. Elle se retrouva dans une grande pièce ouverte sur l'extérieur où il y avait du foin et quelques outils de ferme, elle eut juste le temps de se cacher derrière une énorme amphore avant de voir un homme à l'allure massive passer juste devant elle. Elle sortit de sa cachette pour chercher Adam, lorsqu'elle aperçut une petite silhouette au fond de la pièce, c'était le pauvre Adam ! Il était recroquevillé sur lui-même et tremblait de tous ses membres, Fifi essaya de le relever tandis qu'il gémissait de douleur. Le pauvre jeune homme s'appuya sur elle avec difficulté, Fifi put constater que le dos de sa chemise avait été déchiré, , lacérés par les coups de fouets et que des morceaux de tissus tombaient en lambeaux, laissant apparaître une peau ensanglantée.

— J'vais te sortir d'ici !

Je te vois d'ici...

Adam la regarda un instant, il semblait se demander s'il ne rêvait pas, il rassembla ses dernières forces et s'agrippa un peu plus à elle. Le pauvre garçon peinait à marcher tant il était submergé par la douleur de ses blessures à vif mais cela ne l'empêcha pas de penser au petit garçon.

— Faut pas laisser Antoine ici…il est p'tit…

— Attends faut qu'on sorte d'ici d'abord, j'irai chercher le petit après.

— Non ! Faut aller le chercher maintenant ! Ils vont le frapper aussi !

— Chut ! Il va nous entendre, chuchota Fifi.

— T'inquiète il va aller cuver devant la télé maintenant, il n'entendra rien…

— Mais tes parents sont des tarés ou quoi ?! et ton pauvre p'tit frère…

— Ce ne sont pas mes parents mais une famille d'accueil.

— Pourquoi ils font ça ?

Fati Elfa

— J'sais pas…ils disent que je suis bizarre…

— Moi aussi j'suis bizarre, c'est pas une raison !

— T'es pas bizarre toi…

— Oh si un peu… tu verras quand tu me connaîtras mieux et donc le petit à l'intérieur c'est qui ?

— Il est arrivé y a quelques jours et ils ont déjà voulu le frapper…

— Tu l'as protégé c'est ça ? demanda Fifi le cœur gonflé de tristesse.

— Parfois c'est pour ça et…parfois non, répondit péniblement Adam qui caressait une de ses blessures au flanc.

— Allez plus que quelques mètres et on aura atteint l'enclos.

— J'suis à la ramasse aujourd'hui…c'est pas comme quand je te dépassais toujours dans la cour…

Je te vois d'ici...

— Tu m'as jamais dépassé p'tit vantard !

— Merci Fifi…

— J'ai cru que le p'tit blondinet était ton frère et me suis dit que pt' être tu te teignais les cheveux en noir !

Adam esquissa presque un sourire malgré la douleur.

— Courage on y est presque.

— Moi ils m'appellent le nègre et lui le Viking de médeux…alors oui on a pas les mêmes cheveux…

— Ils sont malins les salops ils frappent que là où c'est caché par les vêtements.

— Mais pourquoi tu t'barres pas d'ici ?! continua-t-elle.

— Et pour aller où ? Hein ? Tu crois que j'ai pas déjà essayé ? Puis y a Antoine maintenant…j'peux pas…

— Va falloir escalader le petit portillon pour sortir d'ici.

Fati Elfa

Fifi passa la première pour réceptionner Adam qui gémissait encore de douleur. A quelques mètres il y avait un vieux puit fermé par une planche où elle décida de cacher Adam.

– Cache-toi là derrière, moi j'retourne chercher le p'tit.

– Fais gaffe Fifi, lui dit-il en lui saisissant le bras.

– Ces gens n'ont aucune pitié...et le vieux est rusé.

– T'inquiète ça ira, je suis aussi très rusée quand j'le veux dit-elle en lui faisant un clin d'œil.

Fifi faisait toujours cela, elle jouait à la fille forte et sure d'elle, alors qu'en réalité elle était complètement terrorisée. Elle se dirigea courageusement vers l'avant de la ferme, là où le petit avait réussi à ouvrir le loquet de la porte. Elle poussa prudemment la porte pour se glisser à nouveau à l'intérieur, elle se dirigea sur la pointe des pieds vers le salon où se cachait Antoine. Elle aperçut l'homme qui venait d'infliger ses blessures à Adam, il était affalé sur le canapé derrière lequel se cachait le petit enfant. Le grand gaillard tenait une canette de bière à la main et houspillait les boxeurs qui combattaient derrière l'écran de télévision, fort heureusement il semblait avoir totalement oublié l'existence du petit Antoine. Fifi était prête à faire demi-tour lorsqu'elle entendit une voiture se garer à l'entrée, elle était faite comme un rat ! Son sang se glaça,

Je te vois d'ici...

elle se plaqua contre le mur du couloir, paralysée par la peur tandis que ses jambes flageolaient. Des pas se rapprochaient sur les gravats, il fallait réfléchir vite ! De là où elle était, elle pouvait distinguer la cuisine, dans laquelle elle s'engouffra puis elle prit le briquet posé sur la gazinière et tenta d'allumer le feu dans un chiffon.

— Antoine, le p'tit viking, sors de ta cachette ! Maman est revenue ! dit-il lentement avec une voix de psychopathe qui faisait froid dans le dos.

L'homme reprit une gorgée de bière tandis qu'il arborait un sinistre sourire. Après plusieurs tentatives, le feu finit par enfin prendre et embraser le plan de travail en bois, elle se cacha immédiatement sous la table car l'homme ne tarderait pas à sentir l'odeur de brûlé. L'homme ne tarda pas à débouler dans la cuisine alors qu'une fumée noire et opaque envahissait les lieux.

— Merde y a l'feu ! s'écria-t-il en sortant de la maison.

Fifi s'était collé un chiffon humide sur la bouche pour ne pas être asphyxiée par les émanations de fumée. Elle se dirigea vers le canapé où le pauvre petit enfant se cachait toujours. Dès l'instant où il la vit il lui tendit ses petits bras blancs et potelés.

— Viens Antoine, je vais te sortir de là ! dit-elle en le prenant dans ses bras.

Fati Elfa

Elle se dirigea vers l'écurie pour sortir par l'arrière mais avant cela, elle s'arrêta un instant, regarda autour d'elle pour s'assurer qu'il n'y ait aucun animal puis sortit le briquet de sa poche et mis le feu à l'écurie.

— Et ça c'est pour Adam !

Elle courut rejoindre Adam derrière le puit tandis que le couple machiavélique tentait d'éteindre le feu qui ravageait leur maison.

— Putain ! T'as carrément foutu le feu !

— C'était la moindre des choses, non ?

Adam regarda Fifi comme s'il la voyait pour la première fois et c'était aussi pour lui la première fois que quelqu'un l'aidait, l'aidait vraiment…

— Allez venez je sais où aller !

— On va où dit Adam lui emboitant le pas.

Ils traversèrent le champ de maïs qui séparait la ferme de la route, le petit Antoine, lui, s'était endormie, blottie contre Fifi. Les tiges

Je te vois d'ici...

de maïs étaient si hautes que les enfants ne voyaient rien devant eux.

— Tu sais au moins où tu vas ? On n'y voit rien ici ! dit Adam inquiet.

— T'inquiète je connais le chemin par cœur !

— Mais dis-moi au moins où on va !

Fifi tendit le petit blondinet à Adam pour qu'il la soulage un peu et continua à marcher en silence fauchant à main nues les hautes tiges de maïs afin de se frayer un chemin. Ils traversèrent une route, s'enfonçant ainsi dans un sous-bois tapissé de feuilles mortes d'automne lorsqu'un vieux labrador vint les accueillir en remuant gaiement la queue.

— Salut mon vieux Lucky ! dit Fifi en s'agenouillant près de l'animal.

Elle lui caressa énergiquement le dos tandis qu'il agitait toujours joyeusement la queue en lui léchant le visage.

— Ah ça c'est un bon gros chien !

Fati Elfa

Fifi se laissa volontiers tomber au sol pendant que le chien lui faisait la fête.

- Mais à qui est cet animal ? demanda Adam.

- Ce n'est pas un animal il est de la famille ! lança une voix de vielle femme juste derrière lui.

- Au pied Lucky !

Le petit Antoine venait de se réveiller et en voyant la vieille dame à l'allure de vagabonde il enfonça sa tête contre le torse d'Adam qui le portait toujours.

- Salut Kadhi ! dit Fifi en se relevant.

La vieille dame portait deux tresses longues qui lui donnaient de faux airs d'Indienne d'Amérique, son teint basané contrastait avec la blancheur de ses cheveux. Elle était petite et certes rabougrie mais ne semblait manquer de vitalité. Elle portait une vieille tunique de hippie dont les couleurs avaient déteint avec le temps, elle se dirigea vers une petite maisonnée en bois, les feuilles mortes craquelant sous ses pieds nus. Elle s'accroupit péniblement pour remplir d'eau la gamelle qui était devant l'entrée.

Je te vois d'ici...

— Beh…Qu'est-ce que tu fais encore là ? C'est la deuxième fois que tu viens me voir en moins de deux jours.

— Je sais Khadi mais on a besoin d'aide, mes amis ont besoin d'aide…

— Pas question tu sais très bien que je ne veux rien avoir à faire avec les gens de la ville à part toi et ta mère bien sûr…Plus je vois les hommes plus j'admire Lucky dit-elle en caressant son chien qui léchait goulument sa gamelle.

— Attendez-moi ici, dit-elle aux garçons.

Fifi chuchota à l'oreille d'Adam :

— T'inquiète pas, elle ressemble à une vieille sorcière mais en vrai elle est gentille.

— Mais…

Elle ne lui laissa pas le temps de terminer sa phrase qu'elle avait déjà rejoint la vielle femme sur le perron puis elles entrèrent ensemble dans la petite maison. Après un moment d'attente qui sembla durer une éternité, la porte en bois s'ouvrit à nouveau.

Fati Elfa

— Bein alors, restez pas plantés là ! Entrez ! dit la vieille femme.

La vieille dame avait complètement changé de comportement envers eux, elle qui avait semblait si aigri au début semblait désormais être capable des plus grandes attentions. La nuit était tombée, elle alluma un feu dans la cheminée et leur prépara une bonne soupe, elle eût même quelques marques d'affection pour le petit Antoine qui avait ri pour la première fois en voyant Lucky essayer d'attraper une mouche. Khadi prépara quelques matelas de fortune mais néanmoins assez confortables surtout après une journée comme celles qu'ils venaient de passer. Ils s'endormirent tous assez rapidement tant ils étaient épuisés. Les premières lueurs du jours commençaient à peine à chasser les étoiles du ciel que Fifi entrouvrit les yeux. Le petit Antoine dormait profondément et Khadri ronflait comme un tracteur mais la couchette d'Adam était vide. Sans faire de bruit elle sortit de la maisonnée à la recherche d'Adam. La fraîcheur de l'aube la fit frissonner mais les senteurs exaltantes de la fraiche rosée du sous-bois lui réchauffèrent le cœur. Quelques poules apeurées, s'écartèrent de son passage en caquetant. Non loin de là se trouvait une petite serre dans laquelle Khadi cultivait quelques plants de légumes, décidément cette vieille femme n'avait vraiment besoin de personne pensa-t-elle. Elle souleva la bâche de l'entrée et trouva Adam allongé, recroquevillé sur lui-même, près de lui Lucky, semblant veiller sur lui. Fifi ressentit beaucoup de tristesse en le voyant ainsi, lui qui s'était montré si courageux et même arrogant paraissait si vulnérable désormais. Comment pouvait-on lui en vouloir alors

Je te vois d'ici...

qu'il vivait quotidiennement l'enfer, un enfer en coulisse, qui s'embrase à nouveau dès que le rideau se baisse. Fifi vint s'asseoir à côté d'Adam qui sursauta.

— C'est moi ! C'est Fifi ! N'aies pas peur !

— Désolé j'étais parti…

— Parti ? Dans le monde dont tu m'as parlé ?

— Oui…Je sais très bien que t'y crois pas…

— Je veux vraiment y aller moi aussi mais la dernière fois…

— C'est parce que t'y crois pas, dit Adam en soupirant.

— Je suis désolée pour…tout ça…Comment tu as fait pour supporter cette violence ? demanda fifi, le cœur gonflé de tristesse.

— Et toi comment tu as fait ? rétorqua Adam.

— Non moi je n'ai jamais été…

— La violence c'est pas toujours frappant mais ça fait toujours mal…Tu crois pas ?...

Fati Elfa

— Oui…peut être…et j'ai foutu le feu pour mettre fin à la violence, dit-elle avec sarcasme.

— Tu sais…j'ai peur de devenir un jour comme eux…

— Adam, la violence c'est pas contagieux, t'es pas comme eux !

— Les vieux qui m'ont adopté m'ont souvent dit qu'ils se prenaient eux aussi des raclées quand ils étaient p'tits et que ça les avait pas tuées…que c'était normal…

— Bein moi je vois bien que toi t'es gentil…t'as aidé Antoine puis tu m'as défendue aussi…J'pense qu'il y a de l'amour en toi.

— Oui comme l'amour que t'es même pas foutue d'aller chercher en toi ?

Fifi resta silencieuse un instant, abasourdie par ce qu'il venait de lui dire. Une colère, une rage monta en elle, elle ne savait d'où elle pouvait provenir mais elle ne put la contenir.

— Pourquoi faire ?! Hein ?! Et pour qui ?!

Je te vois d'ici...

— Mais pour te tirer d'ici !

Fifi se tut à nouveau le fixant des yeux tandis que sa poitrine se gonflait et se dégonflait rapidement.

— Ok…ok j'vais l'faire ton putain d'voyage ! Mais laisse-moi te dire que ton truc là c'est carrément flippant ! T'avais disparu merde !

— Quand t'es là-bas, ici on te voit plus parce que tu n'es plus ici ! Tu comprends ?

Fifi prit une profonde inspiration, ferma les yeux et pensa fort à ceux qui lui avait appris à aimer. Cette fois-ci, elle était bien déterminée à voir si ce monde existait vraiment.

— L'amour c'est la seule chose qui existe vraiment, se répéta-t-elle dans sa tête comme un leitmotiv assourdissant.

A cette phrase Fifi lâcha tout, elle se laissa tomber dans les abysses de son être tel un boxeur groggy par tous les coups qu'il venait de se prendre. Elle eut la sensation de ne plus exister physiquement, de n'être plus qu'une pensée cherchant à sortir d'une cage. Elle faisait confiance, elle lâchait le contrôle, ce contrôle dont elle était prisonnière elle se lâchait elle-même, elle abandonnait et s'abandonnait pour ne plus souffrir et pour ne plus être le soi que les autres voulaient qu'elle soit. Au bout de quelques secondes il

Fati Elfa

n'y avait plus aucun son, le calme absolu. Fifi se calma jusqu'à se sentir enfin en sécurité serrée contre elle-même. Les battements de son cœur ralentissaient, elle pouvait presque sentir son sang circuler dans ses veines. Et là, elle sauta avec le sublime courage du vaincu ! Elle poussa un soupir et derrière ses paupières closes apparut une mosaïque de couleurs qui grandissaient et s'amenuisaient, c'était comme si les couleurs respiraient, comme des vagues finissant leur parcours au bord d'une mer calme. Les couleurs lumineuses, lancinantes vacillaient comme la flamme fragile d'une bougie au milieu de la pénombre. Un doux sourire se dessina sur le visage serein de la jeune fille, toujours enlacée par elle-même. Elle chuchota tendrement « Je souris à la vie et la vie me sourit ». Elle avait surpris à plusieurs reprises ce sourire triste que portait sa mère alors qu'elle répétait cette phrase qu'elle ne pensait sans doute plus. Elle la revoyait se regarder tristement devant la glace fendue de la salle de bain. Le souvenir des voix s'éloigna, elle n'entendait plus rien et ne voyait plus rien tandis que l'engourdissement s'emparait d'elle. Elle se trouvait désormais dans un endroit immaculé de blanc, on pouvait à peine y voir quelque chose. La jeune fille était au milieu d'un brouillard épais et cotonneux, son cœur battait la chamade, un mélange d'appréhension et de curiosité la fit haleter. Fifi n'y voyait rien mais elle se mit à courir quand même, cherchant un repère telle une aveugle désorientée.

Elle se mit à crier :

— Adam ! Adam !

Je te vois d'ici...

Fati Elfa

CHAPITRE III

Il existe !

La folie semblait s'être emparée d'elle ! Ça n'était pas possible ! Tout cela ne pouvait pas être possible ! Tous ses sens étaient en éveil, elle ne ressentait pas de peur à proprement dit mais plutôt cette espèce de sensation, de celles qu'on a lorsque que l'on reçoit un paquet cadeau joliment emballé, cette sensation que l'on a juste avant de l'ouvrir, sensation d'inconnu et de joie en même temps. L'épais brouillard commença à se dissiper et durant quelques secondes un blanc immaculé l'aveugla puis il apparut à la jeune fille un paysage qu'elle n'avait encore jamais vu. Un monde aux formes inconnues tant cela était improbable dans la réalité, un monde qu'on ne pouvait décrire même avec tous les mots de la Terre. Un monde aux milles couleurs, un monde aux milles senteurs qui n'existent pas dans notre réalité. Un monde où les matières semblaient fusionner avec les lumières, les couleurs et où toute chose semblait être vivantes. Fifi était comme un Daltonien ou un aveugle qui voyait les couleurs pour la première fois, à ceci près que ces couleurs étaient inconnus sur Terre. Des couleurs extraterrestres surgirent de tout horizon, un déferlement de couleurs enrobait ce monde tout en rondeur. Une vision asymétrique de monts et vallées apparut non seulement aux pieds de Fifi mais aussi au-dessus d'elle. Elle

Je te vois d'ici...

pouvait survoler des montagnes rien que par sa vision, des montagnes aux bandes blanches, rouges et jaunes qui alternaient tels des couches d'un gâteau chamarré. Elle pouvait se trouver au sommet des montagnes et dans les fonds étroits des vallées multicolores qui jalonnaient cet endroit. Ici, il ne semblait y avoir aucune limite entre le ciel et la terre, entre le dedans et le dehors ni entre l'endroit et l'envers. Tous ces paysages étaient comme la continuité d'un reflet de miroir et lorsque Fifi leva la tête, elle voyait des espèces d'aurores boréales parées d'étoiles étincelantes, tout semblait plus vivant que jamais. Son cœur battait vite mais ce n'était plus à cause de la peur. Elle était émerveillée ! Une émotion encore plus forte que la joie ! C'était comme si elle voyait ce monde sous toutes ses coutures, c'était comme si elle était partout à la fois, elle voyait ce monde coloré sous tous les plans, vu d'en haut, d'en bas, d'au-dessus des montagnes, du fin fond des eaux cristallines ! Fifi était subjuguée par tant de beauté, elle n'avait jamais rien vu d'aussi beau mis à part des yeux inoubliables, c'était le sublime multiplié par l'infini. Quel monde stupéfiant, elle regardait autour d'elle, elle était seule mais elle se sentait en sécurité, elle se sentait aussi si étrangement proche de ce monde, comme s'il faisait partie d'elle comme s'il était...elle ! Elle se sentait différente, elle ressentait un sentiment qu'elle avait jadis connu avant le « départ ». Elle se sentait heureuse et joyeuse, en paix aussi avec elle-même et ça, ça n'était pas arrivé depuis longtemps ça aussi. Elle vit au loin un immense et magnifique lac bleu turquoise et chose étonnante aussi lointain est-il pu être il ne lui suffisait de faire qu'un pas pour l'atteindre. Il semblait n'y avoir ni de temps ni de distance, elle était comme dans des montagnes russes, les cheveux ébouriffés par le vent chaud de ces lieux.

Fati Elfa

Devant elle un ponton en bois interminable menait vers les eaux cristallines du lac, la jeune fille s'arrêta un instant, attirée par son reflet dans ce qui ressemblait à de l'eau mais qui en réalité n'en était pas. D'habitude elle détestait se regarder dans le miroir car elle méprisait son apparence triste et grise, oui elle se trouvait grise mais là, dans ce reflet elle ne voyait plus son visage dévasté par la tristesse ni son pauvre chignon triste et roulé en boule. Dans ce reflet elle était différente, ses horribles robes ternes et sombres laissaient place quant à elles à un tout autre genre de vêtements. Ces vêtements étaient fabriqués d'une toute autre matière différente de celles qu'elle avait toujours connu. Au gré de ses envies Fifi se retrouvait tantôt habillée d'un pantalon issu d'un tissu qu'elle n'avait encore jamais vu ressemblant à une peau épaisse, lisse et dorée qui épousait parfaitement ses formes, tantôt habillée avec de magnifiques robes en tulle dont elle choisissait la couleur au gré de ses envies. Les couleurs de ces vêtements étaient extraordinaires et phosphorescentes, elles ne ressemblaient à aucune couleur sur Terre. Ici, elle était tout en couleur et elle adorait ça ! Dans ce monde tout était couleur ! Même sa couleur de peau changeait, elle se colorait d'un bleu indigo, tandis que son regard se mettait à scintiller s'illuminant de gourmandes couleurs pastel. Fifi se sentait comme une chrysalide en pleine transformation, elle pensa au papillon, quittant un ancien moi, rejoignant un autre monde. Était-ce qu'il se passait ?

Je te vois d'ici...

CHAPITRE IV

La rencontre

La jeune fille n'arrivait pas à décrocher son regard de ce ciel vivant qu'elle trouvait époustouflant. Ainsi c'était son monde, il paraissait si vaste et pourtant elle pouvait le voir dans son ensemble. Son attention fut attirée par une légère brise qui faisait tournoyer dans l'air de fines et lumineuses paillettes colorées qui semblaient retomber au ralenti. Fifi se rendit compte qu'il lui suffisait de penser à une couleur pour que celle-ci apparaisse et tournoie autour d'elle telle une matière vivante n'attendant que ses ordres. Elle avait un pouvoir, son unique pensée était un pouvoir de créer un monde, son monde. Elle pensait et elle créait, elle créait même tout un monde, un Univers dont elle était le Dieu. Elle se mit à avoir des idées complètement loufoques, elle fit apparaître sa maîtresse en forme de table ronde et toute bleue avec un sabre en guide de nez tantôt elle fit apparaître tous les enfants de la cour avec des têtes d'animaux et s'exprimant en hennissant, en couinant ou même en caquetant ! Elle en rit tellement qu'elle en eut mal au ventre puis tout à coup, au loin, un scintillement attira son attention, c'était un signal lumineux qui s'allumait par intermittence. Fifi essaya de comprendre ce que cela pouvait bien être mais ces choses-là étaient bien trop loin, vu d'ici cela ne ressemblait qu'à de petites

Fati Elfa

taches blanches qui semblaient se déplacer. Soudainement Fifi fut prise de vertiges, le monde dans lequel elle était semblait vaciller, c'était comme s'il était sur le point de s'éteindre, d'éteindre toutes ces merveilleuses couleurs. La vision de ce monde se brouillait, c'était comme lorsque soudainement on ne captait plus une chaîne mais que l'image tentait tant bien que mal de revenir mais en vain. La jeune fille sentait ses dernières forces la quitter, dans un soubresaut, elle garda les yeux rivés sur ces lointaines petites formes blanches et finit par perdre connaissance. Quand un monde vacille, un regard jeté sur un horizon peut parfois rétablir l'ordre.

Fifi sentit une légère caresse sur l'épaule qui lui fit reprendre ses esprits, elle ouvrit péniblement ses paupières lourdes et distingua une grande mâchoire blanche qui se mit à la humer délicatement en lui donnant quelques légers à-coups pour la réveiller. En ouvrant les yeux, Fifi eut un geste de recul tant elle était surprise par ce qu'elle voyait.

« **Mais !** »

« **Veux-tu monter sur mon dos ?** » dit la mâchoire blanche.

C'était incroyable ! Fifi n'en revenait pas ! Devant elle se tenait une chose, un animal des plus étranges et qui parlait ! La jeune fille était une fois de plus éblouie par la beauté de ce monde mais cette fois-ci elle était éblouie par la beauté d'un être extraordinaire vivant sur sa planète. L'animal avait une tête de dragon verte et

Je te vois d'ici...

légèrement écaillée sur les côtés, son visage était recouvert d'un poil blanc et doux, il avait de grands yeux ronds, ses yeux ressemblaient à ceux d'un panda, douceur et gentillesse pouvaient aisément s'y lire. Il avait une de ces bouilles toute mignonne de dragonnet ne pouvant pas faire de mal à une mouche. Son torse était empli de plumes soyeuses et d'un blanc immaculé comme celles d'un majestueux hibou Grand-Duc. L'arrière de son long cou portait une longue et soyeuse crinière teintée de plusieurs couleurs connues et inconnues. Ses deux pattes avant étaient plus petites que celles de derrière, elles ressemblaient à celle d'un aigle, on pouvait distinguer les longues griffes acérées qui s'y cachaient. Plus la jeune fille observait l'animal plus elle s'apercevait du caractère unique de son corps, un même corps portait en lui plusieurs parties d'autres animaux ! En effet, un seul et même animal semblait porter en lui plusieurs parties d'autres animaux ! Le bas du corps de l'animal faisait penser à celle d'un étalon dont la robe était noire, un noir si profond qu'il contrastait avec le blanc des plumes qu'il portait sur le haut du corps. Ses deux pattes arrière étaient plus élancées avec des sabots. Soudain quelque chose apparût du milieu du front de l'animal, une corne, c'était vraiment une corne ! Une magnifique corne brillante et de forme conique, colorée d'un subtil mélange d'or et d'argent. La blancheur immaculée de l'animal, l'éblouit tant que Fifi dut plisser et détourner les yeux un instant. Les petits points brillants et lointains, c'était cela ? C'était ce qu'il y avait devant elle maintenant ? ! Alors il devait y en avoir tout un troupeau comme elle ! Fifi se retourna à nouveau vers l'animal et en scruta à nouveau les moindres détails, elle trouvait la bête si belle qu'elle avait du mal à ne pas la regarder. Rassurée par la douceur de son regard, la jeune fille finit par se rapprocher de la bête et avant même qu'elle ne la touche, elle sentit une chaleur émaner d'elle. Au toucher son poil était d'une douceur exquise et des paillettes blanches irisées parsemaient celui-ci lui donnant son éclat immaculé. Fifi ne put s'empêcher de caresser la douce crinière colorée de l'animal. C'était incroyable parce que des effluves de parfums doux et enivrants se dégageaient du corps musclé et élancé de l'animal. Fifi restait fascinée, elle s'attardait en caresses minutieuses sur chaque détail de son corps et comme un chat en demande de caresse l'animal dirigea la main de Fifi sur sa longue crinière colorée. Puis leur regard se croisa et une fois de plus Fifi fut saisi par la profondeur des ses yeux ronds bleus foncés d'où se dégageait force et douceur à la fois. Ses yeux étaient vifs et perçants, Fifi eut l'étrange sentiment que l'animal savait tout d'elle. A ce moment-là, elle lui semblait aussi étrangère que familière, c'était un étrange sentiment pour Fifi mais elle avait confiance, elle ne savait pas pourquoi mais son être, lui, savait...

« **Alors tu montes ?** »

Attirée comme un aiman,t la jeune Fifi s'agrippa à la crinière de l'animal et se hissa aisément sur son dos. C'était comme si elle savait exactement ce qu'elle devait faire à cet instant précis. Comme si elle avait toujours monté cet animal si étrange et beau à la fois ! Dans ce monde, elle se sentait agile et adroite, souple et gracieuse rien à voir avec la fille gauche et maladroite qu'elle était dans l'autre monde. Elle ne ressentait plus cette souffrance, ce mal de vivre, elle n'était plus dans le monde de la souffrance ! Elle n'y

Je te vois d'ici...

pensait même plus ! L'animal galopa de plus en plus vite tandis que le vent fouettait son visage et soulevait la longue crinière colorée de l'animal. Les cheveux de Fifi s'entremêlèrent avec la magnifique crinière de l'animal formant une vague multicolore les unissant dans les airs.

« **Que tu es belle !** » s'exclama Fifi.

« **Je te remercie, je m'appelle Lynette.** »

« **Et moi…** »

« **Fifi…je sais … toi aussi tu es belle.** »

Fifi fut surprise de l'entendre prononcer son prénom alors qu'elle ne le lui avait encore jamais dit. Dans le regard de Fifi passa une ombre de tristesse furtive mais seulement une ombre rapide car ici, dans ce monde de lumière n'existait que le beau et le bon. La jeune fille repensa à toutes les fois où d'autres enfants s'étaient moqués d'elle en soulignant cruellement sa laideur. Elle se remémora aussi ce dédain qu'affichait pour elle le garçon qui faisait battre son cœur depuis l'année dernière. Lynette souleva légèrement ses longues oreilles pointues, comme si elle l'avait entendu penser.

« **Ne crois pas ce qu'ils disent de toi Fifi car en vérité, c'est d'eux qu'ils parlent et de leurs peurs…** ».

Fati Elfa

Lynette galopait à vive allure mais il semblait à Fifi que le temps avait ralenti, il semblait même ne plus y avoir de temps du tout. Un léger vent caressait délicieusement les joues de la jeune fille qui resserra son étreinte contre le cou de Lynette. Quelle douce chaleur ce fut que de se sentir en sécurité et quel bien-être indicible que de n'avoir plus à peser ses pensées ni à mesurer ses paroles.

« **Comment connais-tu mon prénom ?** »

« **Je sais qui tu es… Fifi.** »

Lynette accéléra encore plus, elle essayait de prendre de l'élan. Fifi éclata de rire, grisée par la vitesse à laquelle elles allaient mais elle se tut lorsqu'elle vit sortir des flancs de l'animal deux larges et magnifiques ailes. Après tout ça plus rien n'étonnait la jeune fille qui reposa sa tête sur le flanc de Lynette pour admirer ces magnifiques ailes dorées et blanches, emplies de plumes légères et soyeuses. Lorsqu'elles se mirent à quitter le sol, Fifi ressentit un délicieux vertige qui la fit légèrement flancher, lui rappelant le vertige délicieux du Carrousel de son enfance. Fifi pouvait à peine entrouvrir les yeux pour regarder vers le sol qui s'éloignait sous ses pieds. Fifi se sentait toujours en sécurité et sereine, ici, agrippée au creux de Lynette qui l'emmenait vers les cieux. Elles survolèrent ainsi tout un monde de lumières, un monde où les couleurs flamboyantes, les parfums exquis et les reflets s'entremêlaient. Fifi était heureuse, une joie débordante faisait

Je te vois d'ici...

battre plus vite son cœur, son souffle était haletant. S'il y a des joies qui emplissent de force le cœur et l'âme, celle-ci en fut bien une.

Fati Elfa

CHAPITRE V

L'épopée

Elles traversèrent ensemble des vortex et des espaces spatio-temporels aussi époustouflants que vertigineux où la lumière et la matière fusionnaient, passant de couleurs en lumière, d'époque en univers formant une boucle infinie. Il n'y avait plus de différence entre la masse et l'énergie, c'était le $E=MC2$, le temps était relatif dans ce monde, le passé, le présent, le futur n'étaient qu'une illusion. La jeune fille voyait des choses qui dépassaient sa conscience terrestre et le monde tel qu'elle l'avait toujours connu. Elles finirent par voir surgir devant elles une grosse boule orange, il s'agissait d'une planète sur laquelle Lynette entama ensuite une inclinaison à quatre-vingt-dix degrés. L'atterrissage fut aussi effrayant qu'enivrant, tandis qu'elles s'approchaient dangereusement du sol, Fifi remarqua une énorme et majestueuse butte de couleur ocre rouge qui leur apparut derrière le brouillard épais qui habillait cette planète. Lynette amorça un atterrissage en freinant brusquement pour éviter un impact trop important, des étincelles jaillissaient de ses sabots tandis qu'elles dérapaient sur le sol poudreux du sommet de la butte, quelques à-coups secouèrent les deux compères mais sans plus de complications. Fifi descendit avec empressement et agilité

Je te vois d'ici...

du dos de Lynette. La jeune fille eut quelques frayeurs mais la curiosité prit le dessus, elle était pressée de voir le paysage depuis le sommet de la butte, elles s'avancèrent ensemble pour découvrir ce nouveau monde qui les accueillait. Le paysage était époustouflant de beauté, le monde que surplombait la butte n'était que couleurs et senteurs. Les couleurs semblaient s'entrelacer et danser ensemble tandis que des odeurs de muscs, de réglisses et de tous ce qu'on pouvait aimer le plus au monde ravissaient les narines de Fifi. Son émerveillement fut tel qu'elle n'osa plus bouger de peur de voir tout cela disparaître comme disparaissent les plus beaux rêves au matin. Lynette s'était mis debout sur ses deux pattes arrière, elle regarda affectueusement la jeune fille mue par tant de beauté. L'horizon était vivant, il se mouvait en un dégradé de couleurs chatoyantes, aussi vives les unes que les autres. Aussi loin que pouvait se porter son regard ce monde lui semblait infini.

« **Aimes-tu la vue ?** »

Fifi : « **C'est trop beau...** ».

Fifi n'arrivait pas à décrocher son regard de ce spectacle magique mais elle finit par se tourner vers Lynette.

« **Est-ce que je rêve ? Ou suis-je morte ?** » demanda-t-elle presque inquiète.

« **Ça, c'est à toi de le décider.** »

Fati Elfa

« **Mais comment ça ?** »

Fifi se rendit compte que depuis le début, elles communiquaient ensemble par la pensée et rien que par la pensée ! Soudain Lynette courba l'échine, abaissa son long cou s'agenouiller devant on ne sait quoi car Fifi ne voyait rien. Lynette se mit ensuite à tourner nonchalamment autour de Fifi, qui ne comprenait pas ce qu'il se passait. L'animal leva ensuite la tête vers le ciel où se mouvait des couleurs enchanteresses d'aurores boréales aux couleurs inconnues. C'étaient des couleurs chaudes et vibrantes qui ne pouvaient être décrites sinon légèrement comparées aux couleurs terrestres telles que le vert émeraude ou le rose fuchsia. Les étoiles redoublaient de brillance et de lumière comme pour concurrencer la beauté des lumières colorées et vivantes. Lynette s'inclina à nouveau et devant cette vision de pure beauté Fifi eut envie d'en faire autant mais elle se demandait toujours à qui Lynette offrait tous ces hommages. Fifi ne voyait rien avec les yeux mais elle ressentait une présence, une de ces présences qui vous font sentir aimé et protégé, une joie irrépressible remplit son cœur.

« **Fifi c'est toi la créatrice de ta vie...c'est toi qui en fais ce que tu veux...ne l'oublie jamais !** »

Lynette ne bougeait même pas la mâchoire pour parler, c'était incroyable qu'elle l'entende penser. La jeune fille pensa à son père qui finissait souvent ses phrases et qui semblait toujours savoir ce

Je te vois d'ici...

qui se passait dans sa tête sans qu'elle n'eût rien à dire, lui aussi l'entendait penser. Elle sentit ensuite une colère monter en elle, elle vit le visage de son père puis celui de sa mère, elle entendit raisonner en elle les rires machiavéliques et une odeur qui n'avait rien voir avec celles d'ici.

« **Je déteste ma vie ! Je les déteste et je me déteste !** » dit-elle la voix étranglée par un sanglot.

La jeune fille prit son visage entre ses mains et se retourna pour cacher ses larmes et sa tristesse.

« **Ça c'est ce que tu penses et ce que tu crois, donc bien sûr ça devient réel et ça se réalise...** » dit une petite voix cristalline.

Lynette se mit à cracher du feu en direction du ciel, un feu teinté de bleu, secoua nonchalamment sa crinière puis elle se dirigea vers un petit talus de quartz rose brillant et lumineux. La petite voix semblait provenir de cet endroit, Lynette disparut derrière le tas et lorsqu'elle réapparut elle portait sur son dos un petit être rondelet et joufflu. Ce n'était vraisemblablement pas un enfant ni un adulte, même si sa petite tête blonde pouvait induire en erreur. Ce drôle de petit être chavirait de droite à gauche sur le dos de Lynette. Un halo de lumière rose entourait le chérubin qui se mit à rire joyeusement à l'approche de la petite fille. Soudain il s'envola pour venir tournoyer follement autour de fifi qui le regardait les yeux écarquillés. Il lui fit penser à une petite libellule qui batifolait dans la nature, il était agile mais aussi espiègle, son rire mutin reprit de plus belle, l'agitation effrénée de ce drôle de petit être finit par lui donner le vertige ! Les yeux de Fifi vacillèrent puis elle finit par tomber sur les fesses.

« **Cesse un peu tes bêtises tu vois bien que tu nous donnes le vertige !** » transmis à nouveau Lynette par la pensée.
L'animal aida Fifi à se relever et devant l'air désapprobateur de Lynette, le malicieux petit ange finit par se calmer et retourner sagement sur son dos.

« **Je te présente Leuviah, notre cher petit ange farceur !** »

Le petit être s'approcha à nouveau de Fifi en virevoltant jusqu'à se retrouver nez à nez avec elle, il resta ainsi quelques secondes en lévitation à scruter son visage, c'était comme s'il était en train de la scanner du regard. La jeune fille croisa les bras et se mit à froncer les sourcils, ce petit être fou commençait à vraiment l'agacer et en même temps elle ressentait cette sensation étrange de le connaître.

« **Oui tu me connais…Fifi** »

« **Mais comment tu…** »

« **Je te connais depuis ta création...** »

Lui aussi lisait dans les pensées !

Je te vois d'ici...

« **Depuis ta naissance** » reprit Lynette.

Leuviah continuait à la scruter en lui passant une main dans les cheveux.

« **Ne m'as-tu jamais senti auprès de toi ?** »

« **Je sais pas...** » dit Fifi.
Elle était hypnotisée par la voix cristalline de cet être mais aussi par la lumière qui émanait de lui, une lumière si brillante, que seul un diamant au soleil pouvait égaler.

« **J'ai toujours été là, auprès de toi, même quand il est parti** »

Le visage de la jeune fille s'assombrit et son cœur se resserra, elle ferma un instant les yeux et vit l'image de son père. Une lumière couleur vert émeraude jaillit de la poitrine de Leuviah pour se diriger droit dans le cœur de Fifi, un soulagement quasi instantané s'opéra, c'était comme si Leuviah avait déposé un baume réparateur sur son cœur meurtri. Fifi se remémora ce jour où on lui avait appris que son papa était « parti au ciel », elle ne comprenait pas pourquoi on ne lui disait pas le vrai mot, le mot qu'elle entendait dans les chuchotements des adultes lorsqu'elle s'approchait de trop près, un mot net et précis, pourquoi ne disait-on pas devant elle, comme devant les autres le mot « décédé ». C'était toujours mieux que « parti » ce mot était

Fati Elfa

beaucoup plus cruel car cela supposait avoir été un choix de la part de l'être qu'elle avait le plus aimé au monde, un choix cruel que de partir sans elle ! Et puis s'il avait choisi de partir alors c'est qu'il ne l'aimait pas... Pourquoi les gens étaient-ils si cruels ? Leuviah la prit dans ses bras, des petits bras potelés et sécurisants et lui susurra à l'oreille :

« **Te souviens-tu de ce rêve, la seule fois où nous sommes venus te voir ? Il te savait inconsolable.** »

Le regard de la jeune fille se voila, envahi par le souvenir de ce rêve étrange et pénétrant où elle avait vu son père heureux. Depuis ce rêve, la jeune fille s'était sentie mieux, elle ne pleurait plus tous les jours, sa peine avait été apaisé. Le petit ange se mit à nouveau à tournoyer tel un papillon fou et avant de prendre son envol, il lança d'une voix guillerette :

« **Tu le sais...il va très bien ! Il est heureux ! Et comme moi, il sera toujours là pour toi !** »

Fifi était émue aux larmes mais cette fois-ci ce n'était pas de tristesse. A peine eut-il terminé sa phrase qu'on n'en percevait plus qu'un tout petit point brillant dans le ciel. Fifi se sentie soulevée par la corne de Lynette, qui, avec une facilité déconcertante la déposa sur son dos.

La bête se mit à galoper de plus en plus vite puis prit à nouveau son envol. Elle semblait monter de plus en plus haut jusqu'à la limite du ciel coloré. Toutes deux franchirent une sorte

Je te vois d'ici...

de mur cotonneux avant d'entrevoir des lieux plus sombres plus calmes mais néanmoins toujours à couper le souffle. Elles traversèrent cet espace à une vitesse vertigineuse, Fifi s'agrippait de toutes ses forces à la crinière de Lynette. Elle ferma les yeux un instant, grisée par la vitesse mais lorsqu'elle rouvrit les yeux, ce qu'elle vit la ravie au plus haut point. Elle voyait briller des centaines d'étoiles devant elle et plus elle se rapprochait d'elles plus elles se transformaient en planètes de couleurs et de formes extraordinaires ! Plusieurs planètes aux anneaux tantôt argentés tantôt rouges ocres se succédèrent les unes aux autres. Fifi se sentit à cet instant si petite mais elle n'avait pas peur, encore une fois elle savait que ce monde avait toujours fait partie d'elle. Elle savait au plus profond d'elle que la magnificence de ce monde dépassait la beauté de ses paysages qu'il existait quelque chose d'encore plus grand, quelque chose qui décuplait les cinq sens de la jeune fille. Elle se demandait pourquoi un tel monde existait et surtout pourquoi était-elle là ? Pourquoi elle ? Fifi releva sa tête qu'elle avait enfouie dans la crinière de Lynette pour sécher ses larmes de joie car oui elle pleurait de joie. Elle entrouvrait de temps en temps les yeux pour s'apercevoir que ces espaces s'étalaient à perte de vue tandis que tout son être vibrait à l'unisson avec cet infini Univers. Son pouls s'emballait et malgré le vent qui lui fouettait le visage son corps se réchauffait de l'intérieur en même temps que son cœur se gonflait d'amour à chaque inspiration. Elle ressentait à ce moment précis de l'amour pour tout ce qu'elle voyait, pour tout ce qu'elle sentait, un amour dont elle aurait tant espéré avoir été aimé...Mais à ce moment-là elle n'en voulait plus à personne, plus à rien, elle ne ressentait que de la pure joie, un amour inconditionnel. Tout ici était unique et tout était lié par un lien invisible, un lien d'amour. Lynette amorça un atterrissage en douceur sur les anneaux d'une de ces planètes.

« **Tu n'as pas besoin de moi tu sais ... tu peux venir ici à chaque fois que tu le désires.** »

Je te vois d'ici...

CHAPITRE VI

Les réfugiés

L'esprit de la logique humaine reprit le dessus et avant même que Fifi ne posa la question, Lynette lui dit :
« **Je sais ça fait bizarre au début...commence à croire et tout ce que tu crois sera ! Vois ce que tu crois !** »

Fifi commença à observer les lieux autour d'elle, elles avaient atterri sur une planète de plateaux recouverts de terres jaunes et entourée de dunes de sables rouges.
« **Ici vit Mani.** »
« Mais comment ça ? Il vit ici ? Où est-il ? Je ne vois rien ici ! Où est sa maison ? ».
« Mani y vient assez régulièrement, il n'y a peut-être rien pour toi ici parce que tu ne regardes pas de la bonne manière mais pour lui il y a tout ici. Ici il se donne tout l'amour qu'il n'a pas là-bas, il se sent vivant et surtout libre, il a créé tout

Je te vois d'ici...

son monde, il est dans sa réalité préférée, celle qu'il aurait dû avoir ».

Une lumière verte venue du ciel inonda cette terre poudreuse puis devant eux apparut l'ombre d'un petit garçon, accompagnée de joyeux rires d'enfants.

« **Mais...** » Pensa la jeune fille qui essayait de voir le petit garçon de plus près

« **Allez viens ! Laisse le il est heureux ici ! Viens monte, on va rejoindre les autres !** »

Elles s'envolèrent de nouveau, fendirent le ciel pour se retrouver à nouveau dans l'espace, elles y rencontrèrent cette fois-ci d'autres enfants, qui, comme elle, chevauchaient des bêtes atypiques, un surprenant mélange d'animaux et même d'insectes ! Soudain elle reconnut le rire d'Adam qui vola jusqu'à leur niveau avec une bête tout aussi surprenante. En effet, l'animal d'Adam avait la tête d'un éléphanteau avec de larges oreilles qui lui servaient d'ailes pour voler mais à la place de la trompe il avait une gueule de tortue, le reste de son corps était celui d'une abeille, rayé de jaune et de noir portant des ailes un peu plus petites que les grandes oreilles qu'il portait à l'avant. Les battements lents de ses ailes avant contrastaient avec les battements rapides de ses ailes arrière et sur sa tête on pouvait distinguer qu'il portait la même corne dorée et argentée que Lynette.

– Lui c'est Pop's, mon fidèle ami ! s'écria Adam avant de s'élancer encore plus haut !

Fati Elfa

Ainsi il y avait là un tas d'enfants qui venaient dans ces Univers pour chevaucher ces animaux qui possédaient eux aussi des cornes dorées et argentées, qui les rendaient tous plus exceptionnels les uns que les autres. Les enfants venaient voyager dans ces mondes allant d'Univers en Univers, de planète en planète, c'était comme s'ils connaissaient déjà tout ça depuis toujours. Les enfants étaient heureux, ils lui souriaient et riaient avec elle. Elle était heureuse, elle aussi, ici et maintenant loin des tourmentes de ses pensées. Ils participaient à des jeux incroyables comme celui de glisser sur les anneaux-toboggans des planètes ou encore celui de chevaucher le plus rapidement possible son animal fantastique.

Lynette :
« **Tiens tu vois l'étoile qui brille sur ta droite, eh bien c'est une planète où vit une petite fille du nom de Sarah et puis l'autre là-bas c'est Harun, puis l'autre...** ».

« **Et eux ? Pourquoi viennent-ils sur leur planète ?** » l'interrompit la jeune fille.

« **Eh bien...Viens on va les voir !** » lui dit Lynette.

Elles s'envolèrent à nouveau vers les cieux étoilés, traversant des murs vivants et dont la matière fusionnait avec les lumières. Lynette entreprit un virage sur sa gauche s'apprêtant à fendre le ciel pour atterrir sur une nouvelle planète. A peine eut-elle atterri

Je te vois d'ici...

que Fifi sauta d'un bon léger et assuré sur le sol. Elle sentit sous ses pieds un sable dense et granuleux et lorsqu'elle y regarda de plus près, il lui sembla que les grains de sables étaient mélangés à de la poussière de diamants tant ils scintillaient. Le regard de la jeune fille fut attiré par une ombre gigantesque au-dessus de sa tête. L'ombre grandissait et planait sur la planète tout entière maintenant, tout s'assombrissait. Fifi en eut la chair de poule et toute la joie et l'amour qu'elle avait ressenti jusqu'ici semblaient se dissiper au fur et à mesure que cette ombre grandissait. Le petit garçon tenait un petit avion dans ses mains, qu'il faisait virevolter avec énergie au-dessus de sa tête. Il imitait le bruit du moteur tout en lui faisant prendre des directions différentes au-dessus des airs. Il portait un casque vert sur ses oreilles, il semblait si serein et si heureux à jouer ainsi avec son petit avion.

— Lui c'est Harun! Une merveille de petit garçon... mais parfois c'est beaucoup trop dur pour lui dans l'autre monde. Il vient se réfugier ici dans sa planète, le temps de supporter, le temps que ça passe.

Lynette venait, cette fois-ci de parler !

— Mais tu peux aussi parler !

— Bien sûr ! Je voulais que tu t'habitues à entendre la voix...la voix à l'intérieur.

L'animal avait une voix que Fifi n'arrivait à définir, sa voix était aussi masculine que féminine, il était difficile de la décrire, ce n'était ni plus ni moins qu'une voix androgyne ! Fifi se tourna vers Adam, qui scrutait l'horizon avec une expression qu'elle ne lui avait encore jamais vu quand soudain un grondement des plus terrifiant se fit entendre. Une ombre énorme apparut puis ils

Fati Elfa

purent à peine distinguer une énorme silhouette difforme et boueuse qui descendait depuis le ciel. La forme ressemblait à un géant recouvert d'une coulée de boue et était accompagnée de tornades qui redoublaient de violence tandis qu'elle s'approchait de la surface du sol. La bouche de Fifi se tordit d'effroi tandis que le géant s'approchait et que son ombre recouvrait la planète entière. L'ombre gigantesque se dirigeait vers le petit enfant prête à le saisir lorsque soudain Adam se lança dans une chevauchée effrénée vers Harun. Fifi hésita un instant puis chevaucha Lynette en direction de l'enfant. Ils n'étaient tous plus qu'à quelques mètres de l'enfant quand une lumière verte provint du ciel, cette lumière semblait approvisionner la corne de Lynette qui la dirigea à son tour sur Fifi.

- Tiens prends-la ! Prends la lumière tu dois la transmettre à Harun !
- Mais qu'est-ce que c'est que ce truc ?! s'écria Fifi terrifiée.

La jeune fille détenait entre ses mains et bien malgré elle, une boule d'énergie verte qui était chaude et qui semblait vivante ! Cette chose lui fit autant peur que la vision infâme du monstre devant elle.

- Allez Fifi !

La jeune fille était paralysée par la peur, les mains boueuses de l'ombre empoignèrent et emportèrent le pauvre Harun qui

Je te vois d'ici…

disparut dans le ciel obscurci. Il ne restait plus que les éclairs zébrant le ciel, tel un rideau qui se referme devant une scène surréaliste. Impuissante et sous le choc Fifi se tourna vers Adam, attendant une explication mais celui-ci se détourna d'elle. Les yeux de Lynette avaient changé de couleurs ils étaient désormais d'un bleu profond et sombre. Ils restèrent figés ainsi durant un moment, abasourdis par ce qu'il venait de se passer.

— C'est ma faute ! Ce monstre… s'écria Fifi avant de fondre en larme.

La boule d'énergie vivante gisait toujours entre ses mains.

— Et ça ? Qu'est-ce que c'est ?! Qu'est-ce que j'en fais ?! dit-elle ses paumes levées vers Lynette.

— Ce n'est pas ta faute, nous ne t'avons pas encore tout appris, tu ne pouvais pas savoir.

— Tu ne dois surtout pas te sentir coupable ou avoir de la colère ! lui dit Lynette le regard inquiet.

— Cette lumière tu dois l'incorporer en toi, mets la dans ta réserve, en tant que Gardienne tu auras une réserve de lumière.

— Tu dois la faire rentrer par le sommet de ta tête expliqua Lynette.

Les yeux encore mouillés, la jeune fille renifla avant de s'exécuter. A peine eut-elle déposé la boule d'énergie au-dessus de sa tête qu'elle ressentit une agréable chaleur emplir tout son corps. Un amour d'une puissance extraordinaire l'étreignit, elle se sentit à ce moment-là invincible.

Fati Elfa

— Voilà…garde cette lumière en toi tu en auras besoin…
— Donc toutes les planètes sont habitées, demanda Fifi un peu plus calme.
—

« **Il y aura toujours une planète pour tout enfant qui en aura besoin...et je peux te dire qu'il y en a un certain paquet !** » reprit Lynette par transmission de pensées.

Fifi et Lynette reprirent leur chevauchée interspatiale et finirent par arriver dans un univers plein d'effervescence où des explosions de lumières et de couleurs faisaient régner un drôle de chaos. En effet, il semblait y avoir des Big Bang un peu partout, des jeux de lumière dont on ignorait la provenance. Elles traversèrent à très grande vitesse un long couloir transparent dont les parois étaient faites d'eau claires ! Elles furent instantanément propulsées dans un autre univers, un univers assourdissant par son silence ! C'était comme plonger la tête la première dans une piscine pour se retrouver sous l'eau dans le silence le plus total. Fifi s'accrochait à Lynette de toutes ses forces, à peine eut-elle fermé les yeux qu'elle aperçut au loin une grosse boule ronde droit devant elles.

Cette fois-ci, elles atterrirent sur une planète sans couleur, enfin, disons qu'il y avait seulement deux couleurs, le noir et le blanc. Cette planète semblait envahie d'un épais et chaud brouillard d'un blanc laiteux. Fifi opéra un demi-tour sur elle-même pour observer les environs, lorsqu'elle aperçut une petite fille debout portant une fine petite robe blanche, elle portait de

Je te vois d'ici...

longues tresses blondes qui lui arrivaient jusqu'aux hanches. La petite fille se tenait droite et restait immobile, seul son index bougeait et semblait s'amuser avec quelque chose, Fifi plissa un peu plus les yeux pour voir ce que cela était.

— On dirait qu'elle joue avec...un papillon ! s'écria Fifi.

Le jeune garçon était anxieux et son regard empreint d'inquiétude rappela à la jeune fille l'image de la monstrueuse forme qui venait d'emporter le petit Harun.
« **Mais qu'est-ce que cela pouvait-il bien être ? Pourquoi cela s'était-il passé ?** », se mit elle à penser mais elle ne reçut aucune réponse de la part de Lynette.

La petite fille blonde se mit à chantonner, elle n'était plus qu'un hologramme ou pire le fantôme d'un passé non passé. Son image était translucide quasi transparente, la pauvre petite était d'une telle maigreur. Elles s'approchèrent tant et si bien de la fillette que Fifi pouvait entendre les battements saccadés de son cœur.

— Elle, c'est la jeune Sarah ! reprit Lynette de sa voix androgyne.

— Pourquoi est-elle là ? Qu'est-ce qu'elle a ?

Lynette poussa un long soupir.

Fati Elfa

— Pour encore et toujours la même chose...lui transmit Lynette par la pensée.

— Comme Harun ? demanda à nouveau Fifi.

— Tu devras les aider ! Tous ! lui dit simplement Lynette.

Fifi ne parvenait toujours pas à comprendre de quelle manière elle pourrait les aider.

— Pourquoi la voit-on à peine ? demanda Fifi, désemparée.

— Ça, c'est quand on s'efface presque, elle se dissocie comme tous les autres enfants lorsqu'ils viennent dans leur monde. Il n'y a rien de plus important à ce moment-là que leur monde, ici.

Fifi regardait le papillon translucide voler autour de l'aura de la petite Sarah puis se poser sur la petite étoile jaune brodée sur sa robe déchirée. Fifi ressentait leur joie mais aussi une souffrance lointaine dont les enfants semblaient s'être affranchis ici. Un ravissement total apparut sur le visage de la petite Sarah.

« **Elle est heureuse, elle aussi, ici...** »

Je te vois d'ici...

Fifi ne pouvait quitter des yeux la petite Sarah, qui dans cette béatitude semblait avoir choisi de vivre un moment à la fois. Lynette dirigea une nouvelle fois sa corne en direction du ciel d'où provint une lumière vert émeraude, cette lumière régénératrice, passa à travers la corne de Lynette qui servait de conduit pour la transmettre à Fifi.

« Donne cette lumière, tu vas y arriver cette fois ! »

Guidée par une force invisible, Fifi déposa la boule de lumière sur la petite tête blonde de Sarah qui se mit à irradier de cette lumière verte et puissante, c'était comme si un bouclier de protection s'était formé autour d'elle. Une auréole de lumière se forma autour de l'enfant, celle-ci changea de couleurs, elle passa du rouge au bleu, puis devint orange pour finir par un jaune étincelant, enfin cela se rapprochait de la couleur jaune mais c'était en réalité une couleur qu'elle n'avait encore jamais vu ! De minuscules petites gouttelettes dorées ressemblant à des larmes coulèrent tout le long du petit corps de l'enfant. L'aspect fantomatique de la petite fille s'effaça pour laisser place à une image plus nette.

— Laissons Sarah maintenant, elle est protégée.

— Et le monstre ? dit Fifi l'air inquiet.

— Nous la protégeons de l'ombre...pour l'instant...

Fati Elfa

— Mais n'était-elle pas déjà en sécurité dans sa planète ? demanda Fifi, encore abasourdie par ce qu'elle venait de faire.

— Ma mission était jusqu'alors de préserver son esprit, son âme par la lumière en attendant le nouvel élu. Lorsque l'âme vacille alors l'ombre peut venir, nous devons seulement préserver la lumière, il n'y a qu'elle qui peut les protéger...et moi... enfin, toi, maintenant, tu es là pour veiller à la protection de l'esprit, de l'âme de tous ces enfants !

— Allez ! Arrête de réfléchir et grimpe !

Fifi s'exécuta, elle s'allongea sur l'animal, enfonça à nouveau sa tête dans sa crinière et entoura de ses longues jambes le ventre de celui-ci.

Une autre planète, encore plus imposante que les précédentes surgit devant elles, elle était ronde mais totalement plate ! Elle semblait être formée d'alliage de divers métaux et ferrailles, étendu sur une surface de plusieurs milliers de mètres carrés. Quand elles atterrirent, elles remarquèrent qu'un silence plus relatif y régnait, un silence entrecoupé de cliquetis mécaniques. Cette planète était formée de rouages et de mécanismes en tout genre, cela ressemblait à s'y méprendre à l'intérieur d'une montre Suisse ! Au loin, elles virent un petit garçon à plat ventre qui semblait être

Je te vois d'ici...

subjugué par les mécanismes d'un rouage. Il semblait répéter en leitmotiv des bribes de mots tout en balançant incessamment sa tête d'avant en arrière.

- Lui, c'est le petit Clément, le bruit, les gens, le monde là-bas lui sont insupportables.

Le petit garçon semblait serein et heureux ici, il touchait de temps en temps les rouages devant lui en gloussant puis ramenait à lui ses mains qu'il se mettait à mordiller.

- Allez viens ! dit Lynette avant de déployer ses magnifiques et larges ailes blanches.

Elles traversèrent encore une multitude de nébuleuses planétaires, elles étaient si nombreuses. Elles finirent par rejoindre Adam sur sa monture, ils se faufilèrent ensemble avec légèreté entre les énormes planètes dont les couleurs étincelantes s'entremêlaient les unes aux autres. Au bout de plusieurs centaines de kilomètres parcourues dans cet univers, ils virent devant eux un long tunnel sombre mais apaisant, c'était un trou noir, rien que du noir silencieux. Fifi était bercée par cette longue chevauchée spatiale et finit par s'endormir d'épuisement mais ce repos ne fût pas de longue durée. En effet, un froid glacial avait fini par la réveiller.

- Mais où est Adam ?

- Il est parti vivre dans son monde ! Il en a besoin aussi !

Fati Elfa

Cette longue traversée dans ce trou noir semblait les mener vers une autre dimension encore plus lointaine. Soudain, elle se déversèrent littéralement dans un autre Univers où les planètes semblaient plus petites mais plus nombreuses encore. Elles atterrirent sur la butte de l'une d'elle lorsqu'une force inexplicable l'attira vers le contre-bas ; Fifi fut prise d'une irrépressible envie de dévaler la butte. Arrivée en bas, elle fut saisie par une multitude de délicieuses odeurs des mets les plus raffinés, c'était comme si elle pouvait sentir la bonne odeur de tout ce qu'elle adorait manger ! La jeune fille distingua ensuite la silhouette d'un petit garçon, qui se trouvait en état de lévitation à quelques centimètres du sol. L'enfant était allongé, les bras repliés sur son torse, il semblait serein et un sourire se dessinait sur ses lèvres.

— Mmmh ! Ça sent trop bon ! On dirait la bonne odeur du pain chaud et du lait au chocolat ! dit-elle l'eau à la bouche.

— Hey ! Tu sens ça Lynette ?! On dirait que ça sent aussi la banane ! s'écria Fifi tout excitée.

Elle se mit à renifler les odeurs partout autour d'elle tout en remuant dans tous les sens pour ne pas en rater une, le fait seul de les sentir procurait un plaisir unique à ses papilles. Elle rechercha avec frénésie d'où pouvait bien provenir toutes ces odeurs alléchantes. Cette planète était bien particulière, en effet, elle n'était pas colorée, ni éblouissante à voir mais les odeurs qu'elle

Je te vois d'ici...

contenait procuraient une telle exaltation en bouche ! Ici on ne voyait rien mais ces odeurs seules suffisaient à les rassasier !

Lynette rejoignit lentement Fifi.

— Lynette... mais où est la nourriture qui sent si bon ?

— Elle existe dans ses pensées, donc elle existe aussi ici, c'est pour ça que tu peux aussi la sentir et la déguster. Tu sais, tu peux en manger tant que tu veux sans avoir mal au ventre !

— Lui, c'est Abdi, lui et les siens sont...

Le petit Abdi était d'une telle maigreur qu'une infime couche de peau recouvrait son corps squelettique. Son ventre était gonflé et cela contrastait avec le reste de son corps si chétif. Il était allongé là en lévitation et sa respiration était rapide presque haletante. Lynette s'étendit auprès de l'enfant et Fifi en fit tout autant, elles se mirent aussi à flotter, Fifi se sentait étonnamment sereine et légère. Un étrange halo de lumière violet enveloppa petit corps squelettique de l'enfant, il semblait s'intensifier de secondes en secondes. Ce halo de lumière violette faisait penser aux ondulations qui apparaissaient dans l'eau après quelques ricochets. Cela lui rappela un souvenir doux et lointain avec son père, où, un matin frais d'automne ils étaient partis à la pêche sur un lac aux eaux claires. Un spectacle merveilleux entrecoupé du plus bel entracte celle du plus beau lever de soleil qu'elle n'ait jamais vu

Fati Elfa

parce qu'elle était avec lui, son père aux yeux claires. Dernier souvenir avec son père parce que demain n'existerait plus avec lui. Une journée qui s'en va et qui ne reviendra jamais et lui qui s'en va et qui ne reviendra pas. Soudain, une forme virevoltante descendit du ciel à vive allure, telle un papillon fou, attiré par la lumière, c'était lui, c'était encore Leuviah, l'ange chérubin. Il se posa avec délicatesse aux côtés du petit garçon. Un léger frémissement attira l'attention de Fifi, sur le visage d'Abdi se dessinait un sourire de sérénité et même bien plus que cela c'était de la béatitude. Fifi ne pouvait plus bouger, elle restait là à flotter auprès du petit Abdi, son corps complètement paralysé. Comment pouvait-il avoir l'air si serein alors qu'il était sur le point de se faire emporter par ce terrible monstre pensa-t-elle les yeux embués. Lynette posa délicatement sa tête contre le torse du petit garçon comme pour lui dire au revoir. La lumière violette s'intensifia, sa puissance était telle qu'elle finit par illuminer la petite planète toute entière. Fifi ferma les yeux, aveuglée tant l'intensité de la lumière était éblouissante alors qu'un vent puissant se levait formant des tornades de sables d'or puis soudainement le calme et le silence revinrent. Lynette et Fifi retombèrent brutalement au sol, l'effet de l'apesanteur venait de disparaître tout comme le petit Abdi et l'ange Leuviah.

— Puisses tu revenir en un monde meilleur Abdi, dit Lynette en se relevant péniblement.

— Il n'est plus là ! C'était lui ? C'était encore le monstre ?! S'écria Fifi complètement affolée.

Je te vois d'ici...

Fifi n'arrivait plus à tenir en place, elle était vraisemblablement choquée et n'arrêtait pas de poser les mêmes questions.

— C'était quoi ça ?

— Calme-toi ! s'écria l'ange.

— J'y arriverai pas !

La jeune fille devenait de plus en plus fébrile, elle fut saisie d'une telle anxiété qu'elle eut l'impression de suffoquer à cet instant-là.

— C'était quoi ça ? Bordel mais répondez-moi ! Je n'y comprends rien ! Et pourquoi la lumière est violette maint' nant ?! hurla Fifi.

— Ok ! je vais t'expliquer ! La lumière que tu viens de voir et le monstre ou l'ombre comme tu dis ne sont pas la même chose ! La lumière verte les protège et les guérit, la lumière violette est le commencement d'une nouvelle vie tandis que l'ombre, elle, prend leur âme, leur esprit, une partie d'eux. Lorsque l'ombre s'empare d'eux, ils ne sont plus entiers ! L'ombre c'est la perte d'une partie d'eux-mêmes !

— Ou la contagion, dit Adam qui était réapparut.

Fati Elfa

— Quoi ?! Mais comment devrai-je faire ?

— Aide-les à faire le choix !

— L'ombre et la lumière coexistent, elles savant ce qu'elles ont à faire et avec qui ! Chacun à son rôle à jouer ! s'écria l'ange avant de s'envoler et de disparaître à nouveau.

Une voix résonna dans sa tête venant du plus profonde de son être **« L'important n'est pas dans combien ils souffrent mais dans tout ce qu'ils manquent. »**. Fifi pris sa tête entre ses mains tant l'écho était assourdissant, c'était la première fois qu'elle l'entendait si fort !

— Abdi a été très souvent dans sa planète ces derniers temps, je suis heureuse pour lui, il faut se réjouir pour lui, dit Lynette avec joie.

Une joie incompréhensible pour Fifi, comment pouvait-on se réjouir de cela ? Fifi se mit à chercher Adam frénétiquement, elle sentait monter en elle un étourdissement. Des rires d'enfants lointains résonnèrent, la corne de Lynette se mit à irradier et à émettre un son si aigu que Fifi en perdit connaissance dans ce monde tandis qu'elle se réveillait dans l'autre.

Je te vois d'ici...

CHAPITRE VII

La solitude

Plus rien ! Elle ne voyait plus rien ! En un instant tout cet Univers s'était évaporé, ses yeux sous ses paupières encore closes faisaient de rapides mouvements circulaires avant de s'entrouvrir légèrement. Elle s'était, elle aussi recroquevillée sur elle-même, elle venait de rêver un monde incroyable ! Mais soudain la peur s'empara d'elle et si elle était devenue folle ?! Comment un tel monde pouvait exister ?! Et cet Adam était peut-être un genre de sorcier ? Adam ! Soudain le souvenir du jeune garçon lui revint en mémoire, il était toujours à côté d'elle, endormi, il ne s'était toujours pas réveillé. Elle prit quelques tiges de poireaux qui poussaient dans la serre pour les agiter sous le nez d'Adam qui venait de réapparaître mais qui était encore inconscient.

— T'as vu j't'avais dit ! dit Adam avec enthousiasme et à peine réveillé.

— Y a un truc hein ? Dis-moi qu'y a un truc.

Fati Elfa

— Quoi ?! Mais non…

— C'est pas normal tout ça ! T'as dû me faire boire un truc, j'ai vu ça un jour à la télé !

— Non ! Mais non ! C'était bien réel Fifi !

Fifi jeta le poireau et vint s'accroupir à côté d'Adam.

— Alors j'ai peur…j'ai peur cette fois-ci d'avoir vraiment disjonctée !

— Non Fifi, t'es pas folle crois moi…toi et moi voyons la même chose et comme tu as dû le voir on n'est pas les seuls.

— Oui.

— Comment as-tu trouvé ta planète, les Univers et as-tu rencontré ton animal toi aussi ? demanda Adam tout excité.

Fifi ne sut trouver les mots pour décrire ce qu'elle venait de voir et de vivre, elle se mit à penser à tous ces enfants qu'elle venait de rencontrer, des enfants qui avaient trouvé le moyen d'échapper à

Je te vois d'ici...

leur vie, d'échapper au mal et ce, à la vitesse de la lumière, c'était magique ! Ainsi, Harun, Sarah, Clément, Abdi et tant d'autres enfants s'en allaient aussi là-bas dans leurs planètes. Tel était leur secret pour survivre. Ils échappaient à leurs souffrances dans ces mondes parallèles où tout était possible, un monde crée à l'image de leurs rêves, leur refuge, ainsi quand la souffrance était trop grande ici, là-bas les planètes les attendaient. Il y avait peut-être encore des tas d'autres enfants qui étaient comme eux. Mais tout ce qu'elle savait c'est qu'aujourd'hui grâce à Lynette et à ses voyages merveilleux, elle savait que ça existait, qu'un autre monde pouvait exister et rien que cela suffisait à lui rendre le sourire.

— Tu sais Adam…Khadi, elle sait ce que tu vis…elle a été à ta place, elle aussi quand elle était petite…c'est pour ça qu'elle comprend et va vous aider Antoine et toi.

— Mais comment tu la connais ?

— C'est une des meilleures amies à ma mère, elles se connaissent depuis le collège…

— C'est pour ça qu'elle est comme ça ? Tu crois que je deviendrai comme ça moi aussi ?

— Détrompe-toi, elle est libre et heureuse ! s'écria Fifi.

Fati Elfa

— C'est ça pour toi être heureuse ? Tu l'as entendu toi-même elle n'aime même plus les gens…

— En tout cas, elle est prête à vous cacher chez elle toi et Antoine et pour ça tu devrais lui en être reconnaissant ! lança-t-elle avant de quitter la serre suivie par Lucky.

La jeune fille rentra chez elle sous une pluie fine sous laquelle apparut un magnifique arc-en-ciel. Elle aimait la pluie car pour elle celle-ci avait touché le ciel avant de tomber au sol et peut être avait-elle aussi touché son père ? Elle s'arrêta devant les mûrs défraîchis et jaunis de sa maison et traîna son regard sur la mélancolie de ce foyer qui fût autrefois chaleureux. Elle déchaussa ses vieilles godasses à l'entrée, souleva le paillasson rabougri pour récupérer à tâtons les clefs, elle était complètement trempée, elle savait qu'à cette heure-ci personne ne l'attendait à la maison. Le peu de joie qu'elle trouvait à rentrer à la maison, était celle d'échapper aux autres, son enfer. La maison était petite mais elle se trouvait au milieu d'un immense terrain de plusieurs milliers de mètres carrés, elle était vétuste mais néanmoins propre. Dès l'entrée on ne pouvait qu'être saisi par l'odeur d'eau de Javel mêlée à celle de l'humidité. Sa mère nettoyait régulièrement les murs envahis de moisissures à grands coups d'eau de Javel. Fifi revoyait sa mère frotter frénétiquement et avec force ces mûrs comme si éliminer les moisissures ne lui suffisait pas. Sa mère travaillait dure depuis quelques temps mais cela ne suffisait jamais, il fallait toujours travailler plus, toujours survivre un peu plus. Fifi avait

Je te vois d'ici...

beaucoup d'admiration pour sa mère pas tant pour la bonne ménagère qu'elle était mais surtout pour la femme élégante et coquette qu'elle s'appliquait à rester et ce, en toute circonstance. Sa mère était une très belle femme, ses traits fins et délicats faisaient penser à ceux d'une actrice Hollywoodienne des années cinquante. Elle était toujours maquillée d'un parfait trait d'eyeliner noir et d'un rouge à lèvre rouge flamboyant. Ses longs cheveux noir ébène, d'une brillance remarquable étaient toujours impeccablement coiffés mais ce qu'elle portait encore mieux que son maquillage était son sourire. Sa mère souriait tout le temps même dans les plus grandes tristesses, c'était même à ces moments-là qu'elle ne cessait de sourire.

— Soit toujours impeccable ma fille, ne montre jamais tes faiblesses ! lui dit-elle un jour pendant qu'elle ajustait sa jolie robe noire devant le miroir.

L'enfant avait toujours vu sa mère bien apprêtée et ce, en toute circonstance, il lui était bien sur déjà arrivé de voir sa mère les traits fatigués mais celle-ci n'attendait pas longtemps avant de revêtir le masque du combat. Le maquillage et toutes ces belles toilettes étaient son armure de guerre ! Il ne fallait surtout pas que les autres sachent quoi que ce soit, le pire pour elle aurait été qu'ils aient un jour de la pitié pour elle, cela aurait été pire que la mort pour elle. Sa beauté l'aidait à tenir le coup, elle s'y accrochait comme on s'accrochait à une bouée de sauvetage. Sans cette armure d'artifice aurait-elle déjà rendu les armes ? Décidément pour une femme comme sa mère toutes les occasions étaient bonnes pour un essayage, même pour celle-ci. Fifi se rappela qu'en fermant le

Fati Elfa

dernier bouton de sa robe, elle s'était tournée vers elle en lui disant :

— Tu sais papa est mieux là où il est… que nous là où nous sommes…

Elle lui avait dit ça sur un ton aussi léger que si elle lui avait parlé de la météo, toujours flanquée d'un de ses beaux et larges sourires, ces sourires qu'elle arborait tels des parures. Fifi s'était demandé à maintes reprises comment sa mère pouvait rester impassible à la mort de son mari, Fifi avait ressenti beaucoup de colère envers sa mère. Pourquoi n'avait-elle pas le cœur transpercé comme l'était le sien en ce moment ? Pourquoi n'avait-elle laissé aucune photo de son père dans la maison ? Peut-être était-elle contente de cette situation ? Elle aurait voulu voir sa mère pleurer pendant l'enterrement, elle ne voulait pas que les gens pensent que la mort d'un être aussi cher ne la peinait pas. Se rendait-elle compte qu'elles seraient privées de sa présence pour toujours ? Aujourd'hui Fifi n'arrivait plus à sourire, elle se demandait si une tristesse pouvait se cacher derrière un sourire aussi beau soit-il. Les sourires de sa mère avouaient-ils la tristesse de son cœur comme le sien l'était en ce moment ? Fifi jeta son sac à l'entrée et longea l'étroit corridor qui menait à la cuisine. Elle s'installa sur une vieille chaise branlante, sa mère lui avait laissé sur la table un bol de céréales rassies aux boules colorées, elle n'avait plus qu'à récupérer le lait qu'elle avait laissé à l'extérieur sur le rebord de la fenêtre car le frigo ne marchait plus, plus rien ne marchait ici. Elle dévissa le bouchon de la bouteille de lait qu'elle renifla en espérant que celui-

Je te vois d'ici...

ci n'ait pas tourné comme le yaourt de la veille. Assise devant son bol de lait, elle fut hypnotisée par toutes ces petites boules rondes et colorées qui flottaient sur le lait et ne pût s'empêcher de penser à toutes les magnifiques planètes colorées qu'elle venait de visiter. Cela n'avait-il été seulement qu'un songe ? Depuis le jardin, une ombre l'observait encore tandis qu'elle dévorait silencieusement ses céréales puis elle resta immobile sur sa chaise, le regard dans le vide et écoutant le sifflement du vent contre la fenêtre. La fenêtre de la cuisine était vétuste et ne pouvait lutter contre l'infiltration du froid. La jeune fille finit par se lever pour allumer le poêle à pétrole. Elle détestait allumer ce poêle car les émanations de pétrole lui donnaient souvent très mal à la tête et des nausées jusqu'à la faire parfois divaguer mais c'était le seul moyen pour se réchauffer dans cette maison où il lui semblait parfois faire plus froid à l'intérieur qu'à l'extérieur. Elle se lova contre le vieux sofa, emmitouflée d'un plaid aux motifs écossais. Fifi renifla aussi l'odeur du plaid qui malgré la lessive sentait toujours l'humidité, une humidité dont l'odeur s'incrustait partout. La décoration était minimaliste et un peu triste, seuls, quelques dessins peints par la jeune fille égayaient un peu la maisonnée. Depuis quelques temps elle avait pris pour habitude d'allumer une bougie pour s'éclairer, il n'y avait plus d'électricité dans la maison depuis quelques jours. Elle avait en effet peint une multitude de dessins colorés, qu'elle avait accroché un peu partout. Ils donnaient un peu de vie aux lieux. Elle avait pris soin de les protéger dans une pochette plastifiée pour les protéger de l'humidité qui détruisait tout. En redoutable ennemi tenace, l'humidité ne laissait jamais bien longtemps ses dessins accrochés au mur. A chaque fois que ses dessins étaient décollés par l'humidité, Fifi les remettaient en

Fati Elfa

place, et elle continuait inlassablement son combat contre ces murs qui pleuraient. Il fallait qu'ils restent accrochés et elle aussi mais comment s'accrocher quand l'envie n'est plus ? Aujourd'hui elle avait vu, senti et ressenti qu'autre chose existait, que c'était cette « autre chose » qui l'avait toujours aidé à tenir, elle, comme tous les autres enfants qui souffraient. Elle voulait retourner au plus vite dans ce monde, cette sensation de plénitude qu'elle avait ressentie, elle ne pouvait plus s'en passer. Elle sortit de sa besace un des flacons de parfum qu'elle avait volé pour se rendre dans la vieille remise au fond du jardin, elle y resta quelques instants avant d'en sortir et de se mettre à vomir toutes ses tripes. Le froid était glacial, elle rentra dans la maisonnée frigorifiée. Elle resta un instant devant la fenêtre à regarder la remise et à écouter les croassements lugubres d'un corbeau qui avait élu domicile sur le toit depuis quelques jours. La pièce se réchauffa, elle s'allongea sur le vieux sofa et le tic-tac hypnotique de la vieille horloge en bois la transporta vers un profond sommeil.

Je te vois d'ici...

CHAPITRE VIII

Le flambeau

Une multitude de couleurs explosa devant elle, c'était comme si elle se retrouvait éclaboussée par toutes ces couleurs qui étaient de toutes les formes possibles et imaginables : liquides, gazeuses, poudrées et d'autres encore qui n'existaient pas sur notre planète ! Elle se trouvait à nouveau là, tout là- haut, tout ailleurs, sur cette butte couleur ocre qui surplombait son univers, sa planète, le centre de son monde. Le paysage surnaturel, empreint de lumières qui se formaient et se déformaient l'accueillit à nouveau. Les formes et les lumières colorées fusionnaient pour donner des paysages fantasmagoriques enivrants qui lui coupaient toujours autant le souffle et qui la faisait se sentir en sécurité comme nulle part ailleurs. Soudain une forme blanche fendit le ciel et se dirigea vers elle, plus elle se rapprochait plus elle reconnaissait la corne dorée. C'était Lynette ! La jeune fille reconnut immédiatement ce port de tête digne et fière qui caractérisait l'animal majestueux. Ses larges ailes blanches étaient déployées, elle virevolta un instant au-dessus de Fifi comme un oiseau majestueux avant d'atterrir avec délicatesse auprès d'elle. Lynette communiqua à nouveau avec elle par la pensée :

« **Bonjour Fifi !** »

Fati Elfa

Fifi regardait Lynette, elle oscillait encore entre étonnement et ravissement, c'était comme si c'était la première fois qu'elle la voyait.

« **Tu as été choisi pour prendre la relève, ta mission est...** »

« **Je sais.** » dit Fifi plus sure d'elle que jamais.

Elles restèrent un instant l'une face à l'autre, en silence, émues et le sourire aux lèvres c'était comme si le temps s'était figé mais Fifi ressentit soudainement une inquiétude monter en elle. Une lumière cristalline s'intensifia depuis le ciel Indigo et des brigades entières de petits êtres semblables à l'ange Leuviah sortirent de cette lumière douce et puissante à la fois. Tous ces petits êtres lumineux ! Ils étaient si nombreux et si beaux, ils formèrent un cercle au-dessus de la jeune fille. Fifi pouvait ressentir un amour et une bienveillance sans pareil. Un petit être se distingua du groupe, il commença à descendre vers Fifi, il virevolta autour d'elle un moment avant de s'immobiliser à ses côtés. C'était Leuviah ! C'était encore lui cet étrange petit être qu'elle venait de rencontrer, il s'approcha d'elle et lui saisit la main, la jeune fille frémit à son contact. Elle sentit dans ses petites mains une chaleur, une douceur et une puissance qu'elle n'avait encore jamais ressentie. Elle ressentait une joie immense et totale. Elle goutait à une autre vie, l'amour, ici était si puissant qu'il s'agissait de bien plus que de joie, bien plus que de bonheur, il s'agissait de béatitude. Cette

Je te vois d'ici...

sensation envahissante ne pouvait s'expliquer sinon se vivre et sous cette lumière, entourée de tous ces anges, elle était comme l'invitée d'honneur, d'une cérémonie bien spéciale, elle se sentait bien spéciale. Adam était auprès d'elle, témoin de ce moment incroyable, le moment de la passation. Là, immobile, le cœur ouvert elle expérimenta tour à tour la compassion puis l'amour, puis la tristesse, la colère et tout ce qu'un être humain pouvait ressentir tout au long d'une vie.

— Mais tout ceci ne peut être que si tu l'acceptes, dit une voix cristalline.

Le petit chérubin était devenu tout à coup plus sérieux tandis que Fifi restait silencieuse, elle ne réfléchissait plus, elle ressentait.

— Mickaël, l'avait accepté avant toi mais il est adulte désormais, seuls les enfants peuvent devenir des Gardiens, tu seras la lumière désormais !

Elle comprenait qu'elle était investie d'une mission incroyable et de la plus haute importance, celle de sauver les âmes, elle était la petite voix qui parlerait au fond d'eux, cette petite voix qu'elle leur apprendrait à écouter, une lumière qui mènerait tous ces enfants vers leur liberté, elle serait la lumière qui éclaircirait leurs obscurités. Puis comme dans un rêve éveillé on lui fit voir son prédécesseur, Mickaël, qui, enfant, souffrait aussi et comme pour elle, on lui avait fait découvrir tous ces Univers et planètes. Elle voulait plus que jamais accepter le flambeau parce qu'elle savait,

Fati Elfa

elle savait tout, elle voulait veiller sur tous ces enfants qui venaient sur leur planète le temps que leur souffrance passe dans ces réalités colorées, refuge contre le noir, refuge contre leur noir.

— Lorsqu'ils seront dans le noir tu seras leur lumière, la connexion, pour les délivrer et les guider vers leur monde, leur réalité créée, leur douleur est l'auxiliaire de leur création.

Lynette donna un doux coup de tête à Fifi :

— Ce sera désormais toi qui veilleras sur les enfants, tu iras les visiter lorsqu' ils seront sur leurs planètes comme je t'ai montré, tu les soulageras par la lumière, tu les verras !

Une joie immense submergea la jeune fille qui se sentait honorée, on ne lui avait jamais fait confiance à ce point, elle avait compris que c'était sa mission de vie que de sauver tous ces enfants.

— Pourrai-je leur parler ?

— Tu pourras leur parler ou pas mais ce qui est sûr c'est que tu communiqueras avec eux d'une manière ou d'une autre, le langage ici c'est l'amour ! Nous les ressentons et ils nous ressentent, tu pourras les voir où que tu sois finit Leuviah.

Je te vois d'ici...

Tout devenait clair pour la jeune fille, désormais elle comprenait pourquoi elle était là et que les enfants n'étaient pas seuls, qu'elle n'avait jamais été seule.

Tous les anges ainsi que Lynette demandèrent à l'unisson :

— Fifi, acceptes-tu cette mission ?
— Attendez ! Pourquoi moi ? Pourquoi m'avoir choisi moi ?

— Il y a une force et quelque chose d'incroyable en toi ! Nous avons tous besoin que ce soit toi, c'est ainsi.

Fifi se mit à irradier de joie, elle était sur le point de leur répondre lorsqu'elle sentit un profond besoin de dormir l'envahir. Une lumière dorée l'auréola puis s'ensuivit un grondement qui sembla éclater de toute sa fureur, de toute sa colère, accompagné d'éclairs zébrés et aveuglants. Un vent violent se leva puis l'ombre imposante fendit à nouveau le ciel en bondissant sur la jeune fille !

— Au secours ! eut-elle à peine le temps d'hurler avant de perdre connaissance.

Elle était désormais inerte entre les tentacules visqueux du monstre tandis que tous les petits êtres de lumières s'éparpillèrent, telle une nuée de moustiques pour finir par disparaître. Lynette et

Fati Elfa

l'ange se regardaient en silence, complètement stupéfaits par ce qui venait de se passer lors de cette passation.

— Tiens bon Fifi, j'arrive !

C'était le jeune Adam qui chevauchait à toute allure son animal, se dirigeant vers l'énorme masse gluante et dégoulinante. Il s'agissait du même monstre hideux qui avait emporté ce pauvre Abdi et désormais il était là pour Fifi ! Il n'avait plus de mains mais des tentacules qui sortaient de toutes les parts de son corps ! L'ange Leuviah lui aussi s'envola pour porter secours à la jeune fille quand soudain il s'arrêta. On aurait juré que quelqu'un venait de lui susurrer quelque chose à l'oreille pour l'empêcher de la secourir !

— Laissez-la... laissez la partir avec lui ! s'écria soudainement l'ange avec froideur.

— Mais comment ça ?! C'est Fifi notre futur Gardienne, on ne peut pas laisser faire ! s'écria Lynette prête à arracher l'enfant des tentacules du monstre.

— Non ! Vous ne devez pas y aller sinon vous serez perdus avec elle et tous les enfants aussi ! hurla Leuviah.

Il projeta une poudre sur Adam et Lynette qui les souleva et les paralysa instantanément ! Le vent redoubla de puissance, des tornades se levèrent accompagnées de centaines de voix toutes

Je te vois d'ici...

entremêlées et qui résonnaient en une multitude de murmures inquiétants puis plus rien mis à part le silence le plus totale et peut être même le plus assourdissant. Le sort fut rompu et Lynette, Adam et sa monture retombèrent brutalement au sol. Ils se relevèrent tous abasourdis par ce qu'il venait de se passer, ils se levèrent péniblement se regardant les uns les autres complètement abrutis par le choc.

— Mais pourquoi ? Je ne comprends pas...c'est la Gardienne, dit Adam la voix chevrotante.

— Jamais pareille chose n'était arrivée à un futur Gardien de lumière !

Lynette essaya d'appeler par la pensée l'ange Leuviah mais il ne répondit pas, il avait lui aussi disparu.

Fati Elfa

CHAPITRE IX

Le désespoir de vivre

Un froid glacial et mordant réveilla Fifi qui était frigorifiait, ses dents claquaient et ses doigts étaient engourdis par le froid. Le poêle à pétrole s'était éteint et le plaid ne suffisait pas à la réchauffer. Elle se leva péniblement, se rendit dans la chambre de sa mère, ouvrit la vieille armoire en bois, trifouilla quelques instants à l'intérieur de celle-ci puis en sortit une épaisse et large veste grise en laine qui eut appartenu à son père. Elle la mit rapidement sur elle avant de prendre quelques instants pour la humer dans ce silence glacial. Elle sentit le reste d'un parfum d'homme, vieilli par le temps, elle aurait voulu rester là à jamais pour continuer à renifler de toute ses forces l'odeur de son père. Une douleur lancinante s'était accaparée de son pauvre petit cœur depuis tout ce temps. Un mélange de mélancolie, de regrets et aussi de culpabilité maintenait Fifi en souffrance perpétuelle. Le plus dure c'étaient ces moments de conscience que l'on a quand on a perdu quelqu'un de cher, ces moments où l'on se dit qu'il n'existera plus jamais sur cette terre ! Mais vraiment jamais plus ! Que plus jamais on ne le reverra, que plus jamais on ne lui parlera, que plus jamais on n'aura l'occasion de lui dire je t'aime, pardon ou simplement dire son prénom en s'adressant à lui. Ces moments-là étaient deux claques que l'on se prenait l'une après

Je te vois d'ici...

l'autre, des arrêts de respiration comme quand on arrête de respirer et qu'on arrive à la limite mais qu'on ne peut pas reprendre son souffle, qu'on est sur le point d'étouffer, c'était ce qu'elle ressentait presque tout le temps. Il y avait aussi ces microsecondes de paix au réveil juste avant l'envahissement de la vérité qui vous empoigne par le col en vous chuchotant au coeur « **Eh oui, il est bien mort, ce n'était pas un mauvais rêve !** ». Les croassements du corbeau la tirèrent de ces sensations douloureuses. Elle referma brutalement la porte de la vieille armoire dont l'avant contenait un miroir en pieds, il lui apparut sont reflet, à ce moment-là elle détestait tout ce qu'elle voyait mis à part la veste de son père.

— Le magasin...il faut que je retourne au magasin.

Le problème avec les petits villages c'est qu'en général il n'y a qu'une seule petite supérette et même si la dernière fois il s'en était fallu de peu pour se faire attraper, elle s'en fichait, elle aimait jouer avec le feu, ce feu qui la consumait de l'intérieur et qu'elle ne pouvait calmer qu'en volant. C'est ainsi qu'elle releva la capuche de sa veste pour couvrir la moitié de son visage puis sortit d'un pas décidé. Elle n'était plus qu'à quelques mètres de la supérette lorsqu'elle s'arrêta pour prendre une profonde inspiration. Elle sentit monter en elle cette adrénaline qu'elle recherchait tant et qui était la seule à pouvoir lui faire oublier toute cette vie. A ces moments-là, elle n'était plus elle, elle n'était plus cette pauvre petite fille fragile et peureuse, elle devenait cette autre capable de choses répréhensibles et surtout exaltantes ! La satisfaction que lui procurait ces vols dépassait le fait d'acquérir des choses gratuitement, elle avait la sensation de contrôler quelque chose, de

Fati Elfa

décider de ce qui entrerait dans sa poche et de ce dont elle ne voulait pas. Ces moments de vols étaient pour elle un exutoire punit par la loi certes, mais un exutoire quand même. Elle se rendit directement au rayon soin et beauté, elle prit sans hésitation un paquet de barrettes roses qu'elle ne mettrait sans doute jamais mais elle avait décidé de les mettre dans sa poche. A cet instant-là elle pouvait reprendre ce souffle dont elle avait tant besoin pour continuer et pendant quelques secondes elle n'étouffait plus. Elle se retourna pour continuer sur l'allée lorsqu'elle vit deux énormes vigiles qui lui barraient la route.

— Alors ma jolie, on fait ses emplettes ? lança l'un d'eux l'air satisfait.

Le deuxième était le vigile au crâne chauve qui l'avait poursuivi la fois dernière.

— Allez viens tu vas t'expliquer et on va appeler tes parents dit-il en l'empoignant.

Fifi n'essaya même pas de fuir cette fois-ci elle les suivit docilement, à croire que c'est tout ce qu'elle attendait puis elle fut conduite dans un petit bureau à l'arrière de la supérette.

— Lâche-moi NCIS ! dit-elle ironiquement, avant de retirer brutalement son bras des mains qui l'agrippaient encore.

Je te vois d'ici…

Elle se posa avec désinvolture sur la chaise en face du bureau. Le premier vigile prit place devant le bureau tandis que le deuxième se mit devant la porte pour empêcher toute tentative de fuite.

- Tu crois qu'on t'a pas reconnu avec ta capuche ? demanda ironiquement le premier gorille.

- Tu manques pas de culot toi…qu'est-ce que tu as encore volé dans le magasin ?! dit le deuxième.

- Tssss, tchipa-t-elle avec insolence.

Les vigiles pensaient lui faire peur mais ce qu'ils ne savaient pas c'est que ce moment-là était aussi jouissif pour elle que lorsqu'elle volait ainsi elle détenait le contrôle plus que jamais.

- Et alors vous allez faire quoi ? Me mettre en taule pour vol de barrettes roses ? dit-elle en les défiant du regard.

Elle restait calme tout en mâchant vulgairement son chewing-gum :

- Arrêtez de vous la jouer vous n'êtes même pas une moitié de flic ! lança-t-elle avec mépris.

- Oui mais on peut toujours appeler tes parents voir ce qu'ils en diront, dit le gorille derrière elle.

Fati Elfa

— Sa mère plutôt ! repris l'autre vigile l'air un peu gêné.

C'était une petite ville et lui, savait que le père de Fifi n'était plus de ce monde, il se rappelait l'avoir vu à plusieurs reprises faire ses courses ici, accompagné de sa femme et de Fifi qui n'était alors qu'un bébé.

— Allez vous faire foutre… marmonna-t-elle en sortant de ses poches le paquet de barrettes volées qu'elle balança sur le visage du vigile.

— Tu crois que ton père serait content de te voir comme ça ?! Et ta mère, vu son état, tu crois qu'elle a besoin de ça ?

Fifi se leva d'un bond de sa chaise :

— Oh ta gueule ! Qu'est-ce tu connais d'ma vie ?! Je ne veux plus que tu parles de mes parents t'as compris ! hurla-t-elle le regard noir et les poings serrés.

— Donne-moi le numéro de chez toi !

— On n'a plus de ligne.

Je te vois d'ici...

— De toute façon je l'ai le numéro, je l'avais pris quand ta mère faisait crédit au magasin, dit-il en sortant un petit carnet du tiroir.

— D'ailleurs elle nous doit encore un sacré paquet de fric !

La jeune fille tendit les bras vers lui avec élégance et non sans une certaine insolence.

— Mais faites donc mon bon Monsieur, faites ! Allez-y appelez.

Elle croisa les bras et s'enfonça un peu plus sur sa chaise pendant que le vigile prenait son combiné et pianotait le numéro inscrit sur son calepin. Il attendit quelques secondes, il n'y avait en effet aucune tonalité puis il raccrocha la mine déconfite.

Fifi grimaça et lui dit à nouveau avec insolence :

— Alors je vous l'avais dit.

— Excuse-moi de ne pas croire sur parole une petite voleuse !

Dans l'une des allées de la supérette Adam avait tout vu, enfin surtout le moment où Fifi s'était fait attraper.

Fati Esfa

— Eh Madame ! Madame ! dit Adam en tapotant le dos d'une vieille dame.

Il s'agissait de la vieille femme de ménage de la supérette. Une chance qu'elle ait été là, tous les jours à la même heure, elle nettoyait à grands coups de serpillière les allées du magasin. Elle se retourna péniblement, le dos courbé, Adam ne put s'empêcher de se demander comment ce vieux fossile travaillait encore dans ce magasin.

— Keski a garçonnet ? dit-elle avec son accent Québécois.

— Euh …On vous appelle là-bas dans le bureau…

— Et pourquoi faire ? dit-elle en reprenant son manche.

— Madame ils ont dit qu'il fallait vite venir au bureau que c'était urgent ! reprit-il plus insistant.

— Va-t'en d'là ti-cul j'ai du travail ! grogna-t-elle tout en continuant à frotter le sol.

— Ils ont parlé d'argent M'dame ! Ils ont dit de venir pour la paie !

Je te vois d'ici…

La vieille dame s'arrêta et il put voir une lueur d'intérêt allumer son regard vitreux.

— C'est pas trop tôt qui m'paie ces niaiseux, j'ai besoin de Piasse moi !

Elle prit son manche à balai, sa serpillière, son seau et s'avança dans l'allée en direction du bureau. La vieille dame avançait à pas saccadés, motivée par ce qui lui avait été promis tandis que le vigile au crâne chauve se grattait le menton en ne quittant pas des yeux la jeune fille.

— Écoute gamine par respect pour ton vieux père je ne vais pas appeler la police cette fois-ci.

Fifi qui continuait à le fixer effrontément eut un léger sourire de satisfaction.

— Quoi tu vas la laisser s'en sortir comme ça ?! Cette sale gamine nous a volé j'te rappelle ! s'écria son collègue.

Fifi se retourna vers lui alors qu'il finissait de grogner et lui tira la langue, ce qui le mit hors de lui, il empoigna à nouveau la jeune fille par le col prêt à lui mettre une belle rouste. Fifi se mit à hurler et à tambouriner sur le torse du vigile, l'autre vigile contourna le bureau pour venir les séparer quand la porte s'ouvrit. La vieille dame, le balai et le seau à la main les regardait les yeux écarquillés.

Fati Elfa

— Par Dieu qu'est c'qui s'passe ici ?! s'écria-t-elle avec la voix qui partait maintenant dans les aigus.

Dans la mêlée Fifi arracha le balai des mains fripées de la vieille dame et frappa un grand coup dans l'entre-jambe du vigile qui l'agrippait toujours, celui-ci s'agenouilla en se tenant les bijoux de familles. Adam prit des mains de la vieille dame le seau qu'il enfonça sur la tête d'œuf de l'autre vigile qui venait de se prendre les pieds dans les jambes de son collègue.

Adam et Fifi poussèrent la vieille dame de l'entrée, s'écriant ensemble et en même temps :

— Désolée M'dame !

Ils s'enfuirent à toute jambe du magasin mais Fifi eut le temps d'entendre l'un des gorilles hurler :

— Je vais aller voir ta mère ! Je te retrouverai !

Ils coururent aussi vite et aussi loin qu'ils le purent sans s'arrêter. Après quelques secondes de courses effrénées, Fifi s'arrêta à bout de souffle et lorsqu'elle releva la tête elle se rendit compte qu'ils étaient arrivés jusqu'au vieux parc abandonné où elle jouait souvent lorsqu'elle était petite. Une herbe haute et sauvage

Je te vois d'ici...

envahissait désormais cet endroit et il n'y avait plus qu'une petite balançoire rouillait qui trônait au milieu du petit parc. Ils s'allongèrent là tous les deux, tête contre tête, reprenant doucement leur souffle. Adam se mit à rire de plus en plus fort, il fut saisi d'un irrésistible fou rire, il s'attendait à ce que Fifi se joigne à lui mais elle ne riait pas, elle ne riait plus. Elle se leva et se dirigea vers la vieille balançoire, elle resta là un instant à se balancer doucement, entortillant parfois les chaînes pour tourner, aujourd'hui ses jambes étaient trop grandes, elles raclaient largement le sol. Allongé sur le ventre et sa tête sur son bras le jeune homme ne riait plus non plus, il la regardait silencieusement.

— Allez viens, il commence à faire nuit j'te raccompagne chez toi.

— Pourquoi es-tu venu ? Tu devrais te planquer avec Antoine chez Khadi…toute la ville est à votre recherche.

Adam lui prit la main, elle tressaillit.

— Ne t'inquiète pas je suis là avec toi.

Ils se dirigèrent ensemble et en silence vers la petite maison, ils marchaient lentement presque coude à coude sur le petit sentier caillouteux. Elle s'arrêta subitement, se tourna vers lui et se pinça les lèvres avant de lancer :

Fati Elfa

— Je ne suis pas… normale tu sais…enfin je crois, dit-elle le regard fuyant.

— Pourquoi tu dis ça ?

— Parce que je sens que je peux faire autrement mais je ne sais pas comment…alors je fais n'importe quoi comme…

La jeune fille prit sa tête dans ses mains feignant de s'arracher les cheveux, elle semblait mener un tel combat intérieur.

— Comme quoi Fifi ? Dis-moi !

— Rien…rien laisse tomber…

Ils arrivèrent devant la porte de la maisonnée quand Fifi demanda à Adam de fermer les yeux.

— Quoi mais pourquoi ?

— Parce que je ne veux pas que tu voies où on cache la clé !

— N'importe quoi ! Comme si c'était moi le voleur ici…

Je te vois d'ici...

Fifi se retourna, le fusilla du regard avant de se baisser pour soulever l'un des pots de fleurs desséchées.

— Super ingénieux la cachette !

— Enlève tes chaussures avant d'entrer ! Faudrait pas que ma mère nous fasse une crise, elle est maniaque !

Adam s'exécuta et lui emboita le pas. Arrivé au salon le garçon resta un moment debout à observer tout ce qu'il y avait dans cette pièce.

— Vas-y assieds-toi ! lui lança-t-elle avant de se diriger vers la cuisine.

Elle revint un verre à la main :

— Tiens, on a que d'l'eau ! Ma mère n'a pas encore fait les courses.

Fifi s'assit à côté d'Adam, leurs bras se frôlèrent tandis que le garçon buvait bruyamment son verre d'une traite. Ils restèrent un moment silencieux, le silence semblait parfois être leur meilleur moyen de communication, ils étaient assis là, l'un à côté de l'autre, tandis que le cœur de Fifi battait la chamade et que le rouge lui montait aux joues. Adam se leva soudainement pour regarder les portraits de photos accrochées sur le mur. Fifi ne put s'empêcher

Fati Elfa

de le regarder, elle regarda discrètement son profil, il était si beau ! Les traits de son visage étaient parfaits et la couleur de sa peau couleur chocolat au lait faisait ressortir la couleur de ses yeux verts. Son visage ne ressemblait quasiment plus à celui d'un enfant mais à celui d'un jeune homme en devenir. Elle n'avait encore jamais ressenti cela, ses genoux tremblaient et ses joues semblaient chauffer. A cet instant, elle craignît qu'il ne s'en rende compte et se leva d'un bond pour aller se rafraîchir dans la salle de bain.

— Et elle est où ta mère là ? questionna-t-il depuis le salon.

La jeune fille se regardait devant le miroir fendu, elle hésita un instant puis prit une longue inspiration et s'écria assez fort pour qu'Adam l'entende depuis le salon :

— Elle a disparu !

Il y eut un long silence.

— Quoi ?! Comment ça ? lui demanda-t-il depuis l'embrasure de la porte de la salle de bain.

— Bein... ça fait une semaine que ma mère n'est pas rentrée, lui lança-t-elle comme s'il s'agissait d'une chose anodine.

Je te vois d'ici...

— Non mais attends t'es sérieuse là ? demanda-t-il les yeux grands ouverts.

— Oui.

— Mais t'as appelé la police ?

— Oh non certainement pas !

— Pourquoi ? lui demanda-t-il encore abasourdi par ce qu'elle venait de lui dire.

— Depuis la mort de mon père ma mère a fréquenté deux hommes, un vieux très riche et un policier… autant elle est avec l'un d'eux en ce moment et c'est tout.

— Elle a déjà fait ça ?

— Quoi ?

— J'veux dire… te laisser seule comme ça sans te prévenir ?

— Non, il pouvait lui arriver de partir un ou deux jours après quoi…

Fati Elfa

La mère de Fifi était certes une femme-enfant qui n'avait jamais été très maternelle mais elle n'avait encore jamais laissé sa fille seule aussi longtemps. Il lui était arrivé de partir un week-end mais elle l'avait toujours prévenue et lui avait laissé quelques provisions. Elle était aide à domicile chez un homme âgé et en chaise roulante issu d'une famille très aisée qui avait vu en sa mère la beauté aristocratique d'Audrey Hepburn. Le vieil homme avait, semblait-il fait une cour acharnée à sa mère, Fifi l'avait compris lorsqu'elle voyait le livreur de fleurs lui apporter des bouquets de fleurs bien garnis. Cela semblait rendre sa mère heureuse au début mais elle vit un jour l'expression de joie et de surprise se changer en une espèce de tristesse profonde à chaque fois qu'elle lisait le petit mot qui accompagnait les bouquets puis plus de bouquet. Fifi se remémora ce jour où elle vit par la fenêtre de sa chambre, sa mère raccompagnée par un jeune homme en uniforme de police qui la regardait avec émerveillement tandis qu'elle gloussait de rire tel un paon. Le jeune flic semblait être fou amoureux mais un jour alors qu'elle revenait de l'école, elle entendit une de leurs discussions ou elle lui disait que c'était fini entre eux et qu'elle ne voulait plus entendre parler de ça…De quoi parlait-elle ?

— Viens on va la chercher, tu peux pas laisser ta mère !

La voix d'Adam la sortit brusquement de ses pensées.

— Quoi ? Non ! Elle va bien finir par revenir ! Elle doit être avec un de ces amoureux c'est tout !

Je te vois d'ici…

— Et c'est tout ?! Tu t'inquiètes pas plus que ça pour ta mère toi ?!

— Oh c'est bon ! Fous moi la paix ! Tu sais rien de nous puis tu m'saoules ! J'aurai jamais dû te dire ça ! lui dit-elle en le bousculant sur son passage.

— Ok moi je vais aller voir les flics et leur dire ce qu'il se passe alors !

— Oh oui ! Tu fais bien ! Toi qui es activement recherché gros bêta !

Adam fronça les sourcils et se dirigea vers la sortie, Fifi le rejoignis tandis qu'il s'était accroupi pour remettre ses chaussures.

— Ecoute Adam…j'te remercie beaucoup de te préoccuper tant de moi et de ma famille mais…

— J'te comprends pas ! Putain si c'était ma mère je remuerai ciel et terre ! dit-il d'une voix bouleversante.

— J'suis désolée Adam dit-elle en le prenant dans ses bras mais il s'en dégagea pour se relever.

Fati Elfa

— T'as rien d'humain toi en fait ! T'as la chance d'avoir une mère…et tu t'en branles complet de savoir où elle est !

Adam s'éloigna d'elle mais avant de lui tourner le dos il lui lança un regard noir qui lui transperça le cœur de Fifi. Elle se mit à pleurer en silence s'empêchant de sangloter pour ne pas être entendu alors qu'elle était seule, seule au monde, voilà comment elle se sentait mais elle ne l'était pas car l'ombre l'observait toujours.

Je te vois d'ici...

CHAPITRE X

Le réveil

Lucky était venu lui faire à nouveau la fête mais aujourd'hui Fifi n'avait pas la tête à lui faire des papouilles. Elle s'avançait d'un pas décidé vers la petite maison de Khadi lorsque la porte s'ouvrit avec fracas ! C'était la vieille femme qui accourait vers elle.

— C'est vrai ?! Ma Hannah a disparu ?! Pourquoi ne m'as-tu rien dit ?! lui hurlait-elle en s'agrippant à son bras.

Adam sortit à son tour de la maison portant le petit Antoine dans ses bras.

— Ne t'inquiète pas Khadi, on va la retrouver dit-elle en s'approchant des garçons.

— Ça va petit ange ? dit-elle en ébouriffant les cheveux du petit Antoine.

— Alors tu viens ou pas ?! Elle lui lança un petit sac à dos.

Fati Elfa

— C'est quoi ça dit-il en lâchant le petit.

— C'est notre matos, notre matos pour enquêter ! Et moi j'ai mon sac banane rose ! Regarde !

Khadi tomba à genou au sol, elle pleurait comme un enfant, elle prenait de la terre pour la lancer au-dessus d'elle, elle semblait vraiment éprouvée par la disparition de sa meilleure amie. Ses gémissements se transformèrent en spasmes puis elle se releva comme si de rien n'était !

— Fifi ce n'est pas un jeu ! Cette famille est dangereuse ! Je suis sûre que c'est eux ! C'est eux !

Adam secoua la tête en regardant Fifi et lui chuchota sans entrouvrir la bouche :

— Elle est pas un peu… cinglée ?

— Les Mattei ! C'est les Mattéi ! Une famille de mafioso, ils voulaient leur lopin de terre ! Ils leur écrivaient des lettres de menaces tous les jours ! Ils ont tué ton pauvre père ! hurlait-elle complètement hystérique.

Elle rentra en courant dans la maison pour en sortir quelques secondes plus tard.

Je te vois d'ici...

— Regarde ! Tiens ! Regarde ! lui cria-t-elle en lui tendant une liasse de papier lettre griffonnée.

Fifi les saisit et les ouvrit une par une, il y en avait un sacré paquet, « **Si vous ne partez pas vous mourrez** » « **t'es mort** » « **ce terrain est à nous** ». Il n'y avait que des menaces sur ces bouts de papiers mais aucune d'entre elles n'avaient été signé bien entendu.

— Ta mère me les laissait, elle craignait que tu puisses tomber dessus, elle ne voulait pas t'inquiéter, regarde !

— Mais c'est qui, qui écrivait ces saloperies ?

— C'est les Mattéi j'te dis ! Ils n'ont jamais accepté que la parcelle soit légué à ton père !

— Un vieux conflit de génération…Ils voulaient le reprendre, je ne sais pour quelles obscures raisons mais j'ai ma p'tite idée là-dessus…

— C'est bon ça suffit là ! Faut vraiment aller voir les flics ! dit Adam.

— Non ! crièrent-elles en même temps.

— La flicaille est de mèche avec les Mattei ! Ils détiennent tout le Comté ! Et les arrosent de pot de vin pour continuer leurs magouilles ! dit Khadi.

Fati Elfa

— Puis ce flic, t'as oublié ce que je t'ai dit, il était transi d'amour pour ma mère ! C'est l'un des suspects !

— Et le vieux riche aussi !

— Qui ça ? Le vieux Drumond ?! s'écria la vieille femme qui agrippa maintenant le bras d'Adam.

— Tous ces hommes qui bavaient devant ma douce et merveilleuse Hannah…des pervers, tous des pervers dans cette putain de ville ! ajouta-t-elle en crachant un gros mollard.

La vieille femme se mit à nouveau à sangloter, elle s'était à nouveau agenouillée pour implorer on ne sait quels dieux.

— Elle est vraiment cinglée.

— Allez Khadi calme toi…regarde tu fais peur au p'tit…nous on va y aller…hein Adam ? On va la retrouver tu verras ! Je peux être une super enquêtrice si j'veux tu sais !

— Bon du coup ça nous fait quand même trois suspects maintenant ! Puis c'est pas dit que ce soit l'un d'eux, ça

Je te vois d'ici...

pourrait être n'importe qui ! dit Adam en déposant le petit au sol.

— Oui mais dans une enquête les premiers suspects sont toujours les plus proches ! J'vois pas qui ça pourrait être d'autre ! s'écria-t-elle.

— Dans ce cas toi et cette vieille folle vous êtes les premiers suspects marmonna-t-il l'air de rien.

— J't'ai entendu j'te signale ! Dans ce cas le facteur, le plombier puis le jardinier aussi ! Ecoutes c'est toi qui me forces à faire cette enquête débile donc voilà ! Il s'agit de mon intime conviction voilà tout !

— N'en faites rien ! s'écria la vieille femme.

— Ecoute Khadi, on va juste la chercher et la ramener, on s'ra prudents t'inquiète pas ok ? Toi tu restes là, tu prends soin du p'tit et nous on revient bientôt ok ?

— Ma si douce Hannah...continuait-elle à sangloter.

Adam et Fifi se détournèrent d'elle pour partir.

— Elle pleure encore ? Regarde discretos, demanda Fifi en marchant droit devant elle.

Fati Elfa

— Je sais pas, dit-il en se retournant franchement.

— Te retourne pas ! J'avais dit discretos ! dit-elle en serrant la mâchoire.

— Elle aimait beaucoup ta mère on dirait.

— C' est peu dire, c'était sa meilleure amie mais moi je crois qu'elle était aussi en super crush sur ma mère elle aussi…

— Alors quatre ! Ça nous fait quatre suspects ! Tu avoueras que tout ce cirque de tout à l'heure…

— N'importe quoi ! elle est comme ça Khadi ! Elle s'rait incapable de tuer une mouche !

— Oh moi j'l'ai vu tordre le cou à un pauvre poulet pour le souper d'hier soir tu sais !

Fifi esquissa un sourire qu'elle réfréna tout de suite après.

— T'es vraiment con.

— Mis à part les Mattéi, tous les autres ont tous un point en commun…

— Lequel ?

Je te vois d'ici...

— Ils étaient tous amoureux de ta mère et apparemment ce n'était pas réciproque…j'ai lu une fois un truc sur les crimes passionnels. Tu serais étonnée de voir c'que des gens incapables de tuer une mouche pourraient faire.

Fifi résistait à l'idée insoutenable qu'il soit arrivé quelque chose à sa mère, elle restait persuadée qu'elle était en vie quelque part et qu'elle finirait par réapparaître. Elle avait réussi à affaiblir ce loup à l'intérieur d'elle, ce monstre qui voulait la dévorer, voilà que maintenant il ressurgissait, nourri par l'inquiétude d'Adam pour sa mère. Si Adam ne l'avait sermonné et s'il n'avait insisté ainsi, elle ne la chercherait sûrement pas en ce moment, maintenant à cause de lui, elle en souffrait. Adam finit tout de même par se rendre compte de son indélicatesse et de ce que cela pouvait procurer comme tristesse chez Fifi.

— Mais tu sais, elle est peut-être juste retenue contre son gré quelque part, elle est pas forcément… morte, dit -il encore plus maladroitement.

— Tu veux bien arrêter de faire ça ?!

— Faire quoi ?

Fati Elfa

— J'sais pas me prendre en pitié, me juger, me faire la leçon…me rendre dingue avec toutes tes suppositions ! Toutes ces choses-là quoi !

— Et toi ? Tu veux bien arrêter de faire ça ?

— Faire quoi ?!

Adam la fixa un long moment puis hésita quelques secondes avant de lancer :

— Faire comme si de rien n'était.

La jeune fille fronça les sourcils et se détourna de lui.

— Alors on commence par où ou par qui devrai-je dire ? demanda Adam qui lui emboitait le pas.

— J'avais l'intention de commencer par le vieux mais finalement on va commencer par les mafiosos !

— Comment va-t-on s'y prendre ?

Fifi s'arrêta, regarda un instant Adam et lui dit avec un large sourire :

Je te vois d'ici...

— J'en sais rien…on fera au feeling…

— Au feeling ? Ok, dit Adam l'air dubitatif.

Fifi marchait d'un pas décidé, elle restait silencieuse mais dans sa tête ce fut un brouhaha de scènes et de souvenirs qui s'entremêlaient. Elle se rappelait cette famille, aussi loin que pussent remonter ses souvenirs, elle se rappelaient les nombreuses disputes qu'ils avaient eu avec ses parents. Les Mattéi avait été leurs voisins durant de longues années, Fifi avait appris plus tard que l'un des oncles lointains des Mattéi avait légué cet immense terrain à son père et que c'est à partir de là que les Mattéi avaient commencé à livrer une guerre sans fin contre sa famille. Ils voulaient que le père de Fifi leur rende ce terrain dont ils s'étaient sentis injustement dépossédés. Le père Mattéi était un paysan qui s'était enrichi sur le dos des pauvres immigrés entrés illégalement sur le territoire et qu'il sous-payait bien entendu. Il avait la réputation d'être assez cruel envers ses employés, il se racontait des choses terrifiantes à son sujet, les gens susurraient à son passage. Plus tard, devenant très âgés les Mattéi finirent par déménager et rejoindre leurs fils en ville. Ils avaient, en effet, deux fils qui avaient ouvert un restaurant Italien dans les quartiers Est de la ville. Peu de temps après les parents de Fifi avaient commencé à recevoir des lettres anonymes de menaces les sommant de quitter les lieux sous peine d'avoir quelques bricoles. Elle avait vu l'inquiétude et la peur tirer les traits de son père, elle l'avait vu à plusieurs reprises planquer ces lettres de corbeau sous le plancher pour éviter à sa femme toute inquiétude. Ces lettres que lui avait montrées Khadi, elle les avait déjà vu le jour même de l'enterrement de son père.

Fati Elfa

— C'est qui exactement ces Mattéi ? demanda Adam.

— Ils voulaient notre maison et notre terrain…c'était comme une obsession…

— J'ai entendu ma famille d'accueil qui parlait d'eux…Ils sont apparemment très riches ! Pourquoi voudraient-ils ta minuscule maison ? Enfin pardon mais…

— J'en sais rien moi ! C'étaient des tarés voilà tout, des jaloux ! Qu'est-ce que j'en sais !

— C'est bon t'énerves pas ! Et …ton père ? Est-ce qu'ils l'auraient…Adam hésita à poser la question.

— Tué ? continua Fifi.

— Bein…, reprit Adam de plus en plus gêné.

— Oui ! Moi je suis sûre que c'est eux qui l'ont tué !

— Et ta mère ? Tu crois que c'est aussi eux qui l'ont enlevé ?

— J'en sais rien peut-être…

Je te vois d'ici...

— J'ai entendu dire qu'ils étaient dans la Mafia et que ce resto dégeu qu'ils tiennent n'est qu'une couverture.

— C'est sûr qu'ils sont louches...

— Et donc on va où là ?

— Au resto !

Ils arrivèrent devant un grand domaine de plusieurs centaines de mètres carrés sur lequel se trouvait le *Il Tesoro*, restaurant Italien à la façade rouge. Le restaurant rouge était pour ainsi dire la partie visible de l'Iceberg car derrière celui-ci se trouvait trois grands entrepôts situés les uns derrière les autres. Le domaine était si grand que les entrepôts étaient dispersés à plusieurs mètres les uns derrière les autres.

— Purée ! C'est grand ici ! Par où on va commencer ? demanda Adam.

— Tu vas d'abord aller leur demander du boulot.

— Quoi ?! Mais...

— Tu demandes à faire un peu de plonge ou le service j'sais pas moi...J'sais qu'ils emploient toujours des gens ici.

Fati Elfa

— Attends c'est pas dit qu'ils cherchent quelqu'un et même s'ils me prennent on fait comment pour chercher ta mère si je suis coincé ici à faire la plonge !

— Bein comme ça ! dit-elle en sortant quelque chose du sac à dos.

— Je les ai réglés sur la même fréquence. Tu sais comment ça marche ?

— Oui, répondit-il en grimaçant devant les talkies-walkies roses flashy qu'elle tenait à la main.

— Tu s'ras mon p'tit espion, on restera en contact pendant que je fouille la propriété !

— Comment t'as toutes ces idées farfelues toi ?!

— J'me suis tapée quelques épisodes d'Arabesque ! dit-elle en lui tendant l'appareil.

— Pfff…Ils m'prendront jamais ! dit-il l'air dépité.

— T'inquiète ! Rien qu'à ta vue ça leur rappellera des souvenirs d'esclavagiste ! Tu vas refaire leur journée ! dit-elle en se moquant gentiment tandis qu'elle déposait un baiser sur sa joue.

Je te vois d'ici...

Ce baiser surprit le jeune garçon qui se gratta la tête ne sachant plus où se mettre, sa gêne fut si intense que la seule chose qu'il trouva à faire c'était d'arracher des mains de la jeune fille le talkie-walkie.

— Ha Ha très marrant !

— Ecoute il est 18 Heures c'est bientôt le coup d'envoi du soir, moi je vais inspecter le domaine avant qu'il ne fasse nuit noire, lui dit-elle en regardant autour d'elle.

Son regard croisa celui d'Adam, ils se regardèrent un instant en silence puis Fifi s'éloigna doucement à reculons, en mimant une communication avec le talkie-walkie. Adam la trouva encore plus belle, elle faisait preuve de tant de courage et de self contrôle qu'il eut envie de la prendre dans ses bras. Plus tard dans la soirée des grésillements suivis d'interférences laissèrent place à la voix prépubère d'Adam.

— Allo, allo, c'est moi…

Fifi qui s'était cachée dans l'un des entrepôts du domaine, eut un sourire de soulagement.

— On dit pas *allo* gros bêta, c'est pas un téléphone !

— Alors t'as trouvé quelque chose ?

Fati Elfa

— J'ai pas encore tout fouillé avec toutes ces allées et venues.

— Bein j'aimerais bien que tu te grouilles parce que moi en attendant je bosse ! râla Adam.

— Alors ils t'ont pris pour la plonge ?

— Tu parles, ils me font porter des tonnes de caisses hypers lourdes ouais !

— Des caisses ? Mais y a quoi dedans ?

— Ils ont dit que c'étaient des bouteilles de vin… Les caisses sont scellées et y a écrit fragile dessus.

— T'as rien remarqué de suspect ?

— Franchement comment tu veux que je remarque quoi que ce soit en chargeant toutes ces caisses comme un âne, ça pèse une tonne en plus !

— Moi je vais me rendre au dernier entrepôt, celui qui est tout au fond du domaine, rejoins-m'y quand t'as fini. Terminé.

— Reçu cinq sur cinq !

Je te vois d'ici...

Se parler ainsi avec ces talkies-walkies fit légèrement sourire Fifi mais elle reprit rapidement son sérieux. Elle venait de fouiller les deux premiers entrepôts qui ne renfermaient que des denrées alimentaires non périssables et du mobilier pour le restaurant. Le troisième entrepôt, qui était un peu plus loin, un peu plus isolé était quant à lui fermé par une chaine bouclée par un cadenas rouillé. Les chaines n'étaient pas très grosses et Fifi avait beau tirer dessus, celles-ci ne cédaient pas. Exaspérée et à bout de patience, Fifi était sur le point de rebrousser chemin quand elle entendit des gémissements provenant de l'intérieur ! C'était à peine perceptible, les bruits étaient étouffés mais elle avait bien entendu quelque chose. Il y avait bien quelqu'un qui essayait de crier mais c'était comme si le son était atténué, entravé par quelque chose ! La jeune fille retint son souffle et pressa son oreille contre la porte en tôle métallique, elle douta un instant de ce qu'elle venait d'entendre, l'avait-t-elle seulement imaginé ? Son cœur semblait être sur le point d'exploser, son souffle devint plus haletant, l'inquiétude lui resserra l'estomac, tout se mélangea dans sa tête, sa mère, les Mattéi, son père, les affreuses lettres...Les grésillements du talkie-walkie se mêlèrent à ses pensées.

— J'ai fini...T'es où ? Tu me reçois ? Allo !

Fifi ne répondit pas, elle peinait à reprendre ses esprits, la peur de ce qu'il y avait derrière cet entrepôt l'avait complètement paraly-

Fati Elfa

sée. Le dos plaqué contre la paroi de la porte, elle se laissa lentement glisser vers le sol, le son du talkie-walkie résonnait dans sa tête tandis qu'un vertige la saisissait.

— Fifi ?! Je répète, tu me reçois ?

Après quelques secondes sans bouger, elle ramena péniblement le talkie-walkie vers sa bouche.

— J'suis au dernier entrepôt, celui du fond, terminé.

— Bien reçu, terminé.

A ce moment-là, elle ne voulait qu'une chose c'était appeler sa mère, elle aurait voulu crier « Maman ! » mais elle sut raison garder, elle savait que si elle criait, elle serait découverte et mettrait encore plus en danger sa mère. Lorsqu'elle vit Adam approcher, elle se jeta dans ses bras, elle avait si peur, si peur que cela soit trop tard !

— T'avais raison ! T'avais raison Adam ! Ma mère est là ! dit-elle alors qu'Adam l'étreignait de plus en plus.

Adam relâcha la jeune fille pour essayer d'ouvrir la grande porte de l'entrepôt mais avant cela il pressa lui aussi son oreille contre la paroi de la porte.

Je te vois d'ici...

— Putain c'est vrai ! J'l'entends ! Y a quelqu'un à l'intérieur !

— T'as entendu ?! demanda Fifi, soulagée qu'il ait lui aussi entendu les gémissements.

— Faut trouver une cisaille ou un truc dans l'genre !

— Ils ont un garage à tracteur dans leur deuxième entrepôt !

— J'y vais, toi tu restes ici ! dit Adam avant de disparaître dans la nuit noire.

Il lui sembla s'être écoulée une éternité avant qu'Adam ne revienne.

— J'ai trouvé qu'ça ! montra-t-il en grimaçant.

— T'es sérieux là ?! T'es au courant que c'est une tronçonneuse ? !

— Bein oui mais y avait qu'ça !

— Mais ça va faire trop de bruit ! Et puis c'est hyper dangereux ! Tu pourrais…

Fati Elfa

- J'ai aidé à la coupe du bois chez la famille d'accueil, j'connais t'inquiète !

- Moi c'qui m'inquiète c'est qu'ils vont surtout nous entendre ! On va les ameuter en moins de cinq avec ça ! Puis ça va couper des chaînes ça ?!

- Va falloir tenter le coup ! On n'a pas le choix ! Les chaînes sont pas bien grosses et on va faire vite on aura très peu de temps ! Prêtes ? Eloigne toi un peu ! dit-il prêt à tirer sur la ficelle de démarrage.

- Ok ! dit-elle en hochant la tête et en le fixant.

Elle avait désormais toute confiance en lui, plus rien ne pouvait la faire douter de lui désormais, elle n'avait encore jamais connu quelqu'un sur qui s'appuyer, à qui faire totalement confiance en tout cas pas depuis la mort de son père. Après plusieurs tentatives, il réussit à faire démarrer la tronçonneuse qu'il dirigea vers les chaînettes en fer. La tronçonneuse faisait un boucan d'enfer tandis que Fifi se bouchait les oreilles. La chaînette finit par se briser en quelques secondes ! Adam éteignit la tronçonneuse pour faire glisser la chaînette et ouvrir la lourde porte. A peine l'eut-il entrouvert que Fifi s'était déjà engouffrée à l'intérieur.

- Maman ! criait-elle en cherchant partout.

Je te vois d'ici...

Alors qu'Adam était encore à l'extérieur, il entendit plusieurs bruits de moteur qui vrombissaient dans leur direction !

— Putain ! Ils vont pas tarder à arriver !

Il rejoignit Fifi à l'intérieur, elle était debout face à un homme assis à même le sol, les bras et les jambes ligotés par une épaisse corde et la bouche bâillonnée.

— Mmm…Mmm…tentait-il d'hurler.

L'homme essayait de dire quelque chose, il s'agitait devant eux comme un ver de terre. Adam et Fifi le regardait, se demandant qui c'était et surtout quoi faire.

— C'est pas elle, dit-elle la voix pleine de regrets.

— Ils arrivent bientôt, j'ai entendu des voitures faut qu'on s'casse !

Adam s'accroupit pour enlever le bâillon du pauvre homme.

— Merci les enfants ! J'ai cru que c'étaient ces tarés qui revenaient pour me zigouiller ! Allez détachez moi vite ! dit-il en tendant vers eux ses poignées entravées.

Fati Elfa

Adam allait s'exécuter lorsque Fifi s'écria :

— Non ! Le détache pas ! On sait même pas qui c'est ! Il est p'tet dangereux !

— Pas plus dangereux que ceux qui arrivent ! s'écria l'homme.

— T'es qui ? Et puis d'abord pourquoi ils t'ont attaché comme ça ?! demanda Fifi avec suspicion.

L'homme était grassouillet avec une bedaine proéminente qui lui donnait un air de bonhomme de neige, son visage était quant à lui fin mais l'on pouvait à peine distinguer ses traits tant la crasse recouvrait certaines parties de son visage.

— Ça c'est pas tes oignons fillette ! Ce sont des affaires de grandes personnes ! Allez ! dit-il en lui tendant ses poignées.

— Ok… allez viens on s'casse, dit-elle en se détournant.

— Attendez ! Vous allez où ?! Me laissez pas ici ! dit-il complètement affolé.

— Ah bon ? Mais je croyais que c'étaient des histoires de grands tout ça !

Je te vois d'ici...

— Ok ok ! Je vous dirai tout ! Mais promettez-moi que vous me détacherez !

— Vas-y parle !

— J'étais en …partenariat avec les frères Mattéi…on était en affaire ensemble mais…

— En affaire de quoi ?! s'écria Fifi avec impatience.

Un grand fracas se fit entendre, Adam venait d'exploser au sol une des caisses en bois stockée dans l'entrepôt.

— En affaire de ça ! s'écria Adam.

A l'intérieur de la caisse éventrée, il y avait plusieurs pièces noires et argentées, Adam s'agenouilla pour les ramasser, cela ressemblait à des pièces détachées mais il n'en comprenait pas l'utilité. Adam montra l'une des pièces à l'homme pour qu'il leur fournisse des explications mais l'homme ne répondit pas.

— T'as raison ! Viens ! On s'en va ! s'écria Adam.

— De la contrebande ! On faisait de la contrebande de certaines pièces d'armement…

Fati Elfa

— Quoi ?

— On trafiquait certaines pièces détachées de flingues quoi ! Vous savez c'que c'est que des flingues ?! Allez maintenant libérez-moi ou ils me tueront !

— Est-ce que t'as vu une femme ici ? Avec les frères Mattéi ? demanda Adam avec un calme qui contrastait avec la fébrilité de l'homme captif.

— Une femme ? Non j'ai pas vu de femme ! S'il vous plaît…

— Si on te détache tu promets de nous en dire un peu plus sur cette famille ? ajouta Fifi.

— Oui, oui ! Je promets ! Par pitié !

Ils détachèrent le pauvre homme qui bondit tel un chat vers la fenêtre ouverte au-dessus de lui alors qu'à l'entrée des éclats de voix se rapprochaient de plus en plus.

— Qui est là ?! demanda une voix très grave.

Eurent-ils le temps d'entendre avant de se faufiler eux aussi par la petite fenêtre. Ils se retrouvèrent en moins de deux à l'extérieur de l'entrepôt, l'obscurité était totale, seuls les pleins phares des véhicules stationnés devant l'entrepôt pouvaient laissés entrevoir

Je te vois d'ici...

quatre silhouettes d'hommes. L'homme qui les avait devancés s'était volatilisé dans la nature. Ils avaient réussi à sortir du domaine et couraient maintenant à travers les rues de la ville qui étaient un peu plus éclairées.

— Elle est où ta lampe ?! demanda Fifi.

— Je croyais que c'était toi qui l'avais !

— Je l'ai posé quand on détachait ce bon à rien !

Elle ralentit sa course avant de s'asseoir sur un bout de trottoir et de poussa un long soupir.

— Il s'est barré…il nous a menti…et maintenant on en est toujours au même point ! ajouta-t-elle complètement découragée.

— T'inquiète pas Fifi, on va la retrouver. Allez lève-toi ! On retourne chez Khadi, faut qu'on se repose un peu !

Ils étaient sur le point de sortir de la ville quand ils entendirent :
— Pssst ! Hey !

Le chuchotement provenait de l'une des ruelles sombres de la ville. Les deux enfants s'immobilisèrent puis se regardèrent un instant, se demandant ce qu'ils devaient faire lorsque soudain surgit de la

Fati Elfa

pénombre une silhouette. Ils eurent tout d'abord un mouvement de recul avant de s'apercevoir qu'il s'agissait de l'homme qu'ils avaient libéré un peu plus tôt, il était resté là, tapi dans l'ombre dans l'espoir d'échapper à ses ravisseurs.

— Venez ! reprit-t-il.

Adam et Fifi hésitèrent.

— Vous vouliez en savoir plus non ?

Fifi s'approcha de l'homme :

— Pourquoi les Mattéi nous détestent tant ? Pourquoi ils voulaient tant notre terrain ? Est-ce que tu sais s'ils ont fait du mal à ma mère ? demanda-t-elle presque au bord des larmes.

— Hep Hep Hep! Ecoute petite, les vieux Mattéi sont de vieux séniles complètement grabataires, ils peuvent même pas aller pisser tous seuls.

— Et leurs deux fils ?

Je te vois d'ici...

— Ah ! Eux ce sont juste genre deux gamins qui pensent qu'à frimer et à se branler...euh...enfin j'veux dire à s'amuser et... se reprit-il gêné.

L'homme se grata le haut du crâne comme un vieux singe, il venait de se rendre compte qu'il parlait à des enfants. Les deux jeunes gens le regardaient les yeux ronds attendant qu'il finisse sa phrase.

— Enfin bref c'est moi qui faisais tout dans c't'affaire là et quand j'ai voulu continuer seul, bein il se sont comme qui dirait un peu fâché.

— Un peu fâché ? Vous avez dit qu'ils vous tueraient si on ne vous libérait pas.

— C'est pas les fils Mattéi qui m'auraient tué mais les Kosovars qui leur avaient ordonné de me...

— On s'en fout ! Donc tu n'as jamais vu ma mère chez les Mattéi ? Ils ont jamais parlé d'elle ou quoi ?

— Je sais pas même pas qui c'est ta mère ! Les seules femmes que ces morveux voyaient c'étaient celles des bordels...euh enfin...des danseuses...ils voyaient des danseuses...

Les sourcils de la jeune fille remontèrent haut sur son visage.

Fati Elfa

— Des danseuses ?

— En tout cas la seule chose qui intéressait les vieux c'était leur resto, avant de perdre la tête le mari répétait en boucle « Il Tesoro » « Il Tesoro », j'ten foutrai du Tesoro !

Un long silence, s'installa, un silence pesant et cette horrible sensation, celle de ne pas savoir, de ne pas comprendre ce qu'il avait bien pu arriver à l'être le plus cher que vous ayez eu au monde.

— Ecoute fillette, si tu cherches ta mère, c'est pas eux, je peux te le jurer sur la tombe de ma mère ! Et même si ça avait été le cas je ne les aurai jamais laissé faire du mal à une mère ! Je respecte trop les mères moi ! s'écria-t-il en faisant les gros yeux.

Fifi s'éloigna, le dos courbé et le regard dans le vague tandis que Adam la rejoignait en courant.

— Eh ! Vous avez vu les jeunes, j'ai tenu parole ! J'vous ai tout dit hein ! ajouta-t-il comme pour se donner bonne conscience.

— J'ai trop attendu, dit Fifi la voix pleine de regrets.

Je te vois d'ici...

Le lendemain matin Fifi se leva aux aurores, réveillée par les cauchemars qui avaient peuplé sa nuit.

— Faut qu'on y aille, dit-elle en chuchotant pour ne pas réveiller Khadi et Antoine qui dormaient dans la même pièce.

— Ok, répondit Adam encore somnolant mais ravi de voir que Fifi n'avait pas abandonné.

Après la nuit passée, il s'était attendu à ce qu'elle décroche de l'enquête ou pire qu'elle continuât seule. Adam suivit Fifi qui le mena jusqu'au poste de police qui se trouvait dans le centre de la ville. Elle s'était arrêtée à quelques mètres de celui-ci pour avoir une vision globale du lieu.

— On va voir de ce côté-là maintenant...

Le poste avait été installé dans des mobiles homes en plastique pour cause de travaux. Adam et Fifi se glissèrent derrière l'un des mobil-homes dont les fenêtres étaient ouvertes, d'ici ils pouvaient entendre tout ce qui se disait à l'intérieur.

— Il semblerait que les deux mioches aient mis le feu à la ferme des Gallagher qui ont l'air plus inquiet pour leur mobilier que pour les gamins, dit l'un des policiers.

Fati Elfa

En entendant cela, Adam écarquilla les yeux en direction de Fifi qui sortit de son minuscule sac à dos un morceau de papier sur lequel elle griffonna avant de le lui tendre.

« *Va à l'autre fenêtre écouter ce qui se dit…Après on suit Joe* »

Adam acquiesça en silence avant de se glisser tout doucement vers le deuxième mobil home. Ces policiers-là semblaient bien plus intéressés par le café et la boite de donut posée devant eux que par la recherche de deux pauvres gosses. Au bout d'une bonne heure, Adam revint auprès de Fifi, qui se trouvait toujours sous la première fenêtre et lui demanda le stylo en le mimant, il griffonna à son tour sur la feuille de papier qu'elle lui avait tendue une heure plus tôt.

« *C'EST CA TA SUPER ENQUETE ?!!!* »

- Alors Lionel t'es encore allé au club de streep tease hier soir ?! dit l'un des hommes à la voix grave.

- Ta femme n'est pas allée te chercher par le slip cette fois, dit un autre homme en ricanant et à la voix tout aussi grave que l'autre.

- Oh lâche-le, il a bien le droit d'aller se détendre un peu ! lança une troisième voix, un peu moins grave cette fois-ci.

Je te vois d'ici...

— Et toi Joe, tu vois plus ta belle Hannah ? demanda à nouveau la première voix.

Fifi se mit à trembler de tous ses membres mais elle continua à tendre l'oreille osant à peine respirer. Elle était sûre que toutes ces moqueries étaient bien adressées à Joe.

— T'es pas encore allé lui chanter la sérénade l'amoureux transi ?! dit l'une des deux voix graves avant d'éclater d'un rire gras.

— Allez moi j'vais bossé, dit Joe impassible.

Les enfants ne pouvaient le voir mais ils l'imaginaient un thermos à la main en train de visser sa casquette de flic sur la tête, comme un de ces bons vieux films de l'Amérique profonde.

— Oh c'est bon Joe ! Reviens ! Fais pas la gueule, on faisait que plaisanter !

Joe monta dans sa voiture de patrouille mais avant de démarrer il resta un petit moment le regard dans le vide.

— Faut qu'on le suive, chuchota Fifi.

— C'était bien la peine de l'avoir écrit ! chuchota-t-il à son tour.

Fati Elfa

— Chuuuut on va nous entendre.

Fifi prit la main d'Adam pour l'enjoindre à la suivre. Elle se rendit derrière le mur du local à poubelle qui était tout près et derrière lequel elle avait caché un peu plus tôt deux vélos. L'un était un vélo tout terrain tandis que l'autre un vélo Hollandais.

— T'as vu j'ai tout prévu ! Tiens prends celui-ci !

— Hors de question c'est un vélo de fille, j' vais pas monter sur ça !

— Tu crois que j'ai le temps de les repeindre là tout de suite ?! Allez dépêche-toi on va le perdre !

— T'aimes bien le rose toi on dirait…et ça, c'est obligé ? lui dit-il en lui montrant le casque rose à fleur, posé sur la selle.

— Oui, la sécurité avant tout ! En plus ça camoufle un peu nos visages.

Fort heureusement, Joe ne roulait pas très vite, il prenait le temps derrière son volant d'inspecter toutes les rues avant de se rendre chez Madame Dispenza qui se plaignait encore et toujours de ses jeunes voisins trop bruyants. Les deux enfants prenaient soin de

Je te vois d'ici...

garder une certaine distance avec la voiture afin que le policier ne se rendît pas compte qu'il était suivi.

- Donc le but là c'est de le suivre toute la journée ? demanda Adam essoufflé.

- J't'ai mis une bouteille d'eau dans le sac !

- Ça à l'air plutôt d'un bon gars ce Joe, non ? dit Adam.

- J'sais pas, il cache quelque chose on dirait...

Le policier roula un instant sur l'avenue principale lorsqu'il braqua soudainement sur la droite pour prendre l'une des ruelles. Il se mit à rouler si lentement qu'il finit par s'arrêter, il était face à un cul de sac. Les enfants le suivaient de loin mais le policier avait eu le temps de sortir rapidement de la voiture pour entrer dans l'une des portes dérobées d'un vieux bâtiment délabré, il finit par ressortir du bâtiment par une autre porte de sorte à se retrouver juste derrière les enfants qui se demandait où il était.

- Vous me suivez ou quoi ?!

Ils ne s'attendaient pas à ce que le flic soit soudain derrière eux ! Ils ne pouvaient fuir puisque la ruelle se finissait en impasse ! Joe s'approchait doucement d'eux, il n'était plus qu'à quelques mètres, il n'y avait plus aucune issue ! Fifi chevaucha son vélo et pédala de plus en plus vite se dirigeant tout droit sur le flic, Adam l'imita et

Fati Elfa

tous deux foncèrent sur le policier qui tourna comme une girouette à leur passage pour éviter d'être blessé !

- Revenez ici sales morveux !

- Putain t'as vu c'qu'on a fait ! s'écria Adam fière de lui.

Il se mit à rire à gorge déployée tandis que Fifi restait silencieuse encore une fois.

- Bein qu'est-ce que t'as ? C'était trop bien non ?! continua Adam.

- Ouais bein maintenant il sait qu'on le suit, c'est râpé…allez changement de plan, on va au manoir !

- D'accord mais moi je suis crevé ! Faut que j'me repose !

- Ok, alors on va se poser près du manoir !

Ils trouvèrent refuge dans une petite grotte dans laquelle les jeunes de la ville venaient pour squatter et organiser des beuveries nocturnes. La grotte se trouvait en hauteur sur le flanc de la colline qui surplombait une partie de la route menant au manoir, d'ici ils pouvaient tout voir, enfin presque tout car le manoir était tout de même entouré d'une grande et sombre forêt luxuriante. Fifi sortit deux sandwiches du sac à dos, ils venaient à peine d'entamer leur

Je te vois d'ici...

premier croc dans leur sandwich qu'ils aperçurent la voiture du flic sur la route en contrebas. Ils purent ensuite voir que la voiture tournait vers le chemin qui menait à la propriété privée du manoir.

— Il va chez le vieux ! Pt'êt qui sont de mèche ! s'écria Adam avant de croquer à nouveau dans son sandwich.

Ils prirent un petit sentier caillouteux, avant d'atteindre la forêt qui entourait le manoir. Une forêt dense entourait le manoir, cela lui conférait une atmosphère sombre et fantasmagorique. Un frisson saisit la jeune fille qui peinait à passer avec son vélo entre les arbres tant ils étaient proches les uns des autres. Fifi finit par descendre de son vélo, il devenait quasiment impossible de pédaler au milieu de toutes ces bosses, crevasses et branchages. Ils finirent le chemin en marchant aux côtés de leurs vélos.

— C'est encore loin ? commença à râler Adam.

Ils venaient d'atteindre le fond de la forêt sombre lorsque s'offrit à eux un paysage magnifique, celui d'une colline verdoyante et d'une rondeur parfaite sur laquelle se dressait un manoir majestueux. Il ressemblait à un de ses vieux bijou de famille posé sur son écrin vieilli par le temps. L'imposant édifice était de forme rectangulaire soutenu par deux énormes tours qui ressemblaient à des donjons. Le manoir arborait une couleur rougeâtre parsemée de gris qui lui donnait un air des plus lugubres. Les deux jeunes gens s'arrêtèrent un instant, le souffle coupé devant la

Fati Elfa

magnificence de ce manoir qui les dominait de toute sa splendeur tandis qu'un corbeau croassait juste au-dessus de celui-ci.

— Purée c'est vraiment un putain de manoir bien flippant comme ceux qu'on voit dans les films d'horreur !

— T'as peur ou quoi ?

— Pas du tout ! rétorqua Adam, piqué dans sa fierté.

— Bon alors c'est quoi le plan ? demanda Fifi ne quittant pas des yeux le manoir.

— Bein j'sais pas moi j'ai pas de plan !

— Comment ça t'as pas de plan ?! Je me suis occupée du flic maintenant c'est à toi ! C'est toi qui voulais enquêter, j'te rappelle !

— Et j'te rappelle moi aussi que c'est TA mère qu'on recherche ! Franchement t'es trop bizarre !

Fifi ne rétorqua pas, plus le jeune homme la regardait plus il voyait ce visage qu'il trouvait si beau s'assombrir, c'était comme si elle s'était vidée de toute émotion, c'en était déroutant.

Je te vois d'ici…

— Bon, on va commencer par planquer nos vélos, dit-elle en balançant le sien derrière un buisson.

Il était bien sûr évident d'être à découvert et de passer par l'entrée principale du manoir, il fallait donc trouver un autre moyen. Ils se mirent donc à escalader la colline, Fifi peinait à grimper, à chaque pas elle manquait de glisser et de se retrouver plus bas. Adam grimpait juste derrière elle, la retenant à chaque fois qu'elle manquait de tomber.

— C'est quoi ces chaussures que tu nous as mis ? se moqua Adam.

Fifi portait de petites sandalettes d'été roses, ouverte sur le devant et qui laissaient entrer des bouts de cailloux et de brindilles pointues qui lui lacéraient les pieds.

— Décidément t'aimes bien le rose toi !

— Oh ta gueule ! dit-elle essoufflée.

— Allez donne-moi ta main, je passe devant toi pour te tirer.

Toute la propriété était entourée de grandes et imposantes grilles noires mis à part le côté des dépendances situés sur le flanc droit du manoir. Arrivés devant la porte de l'une des pièces attenantes à la bâtisse, ils se rendirent compte qu'ils se tenaient toujours la main, la jeune fille rougit et retira rapidement sa main de celle d'Adam.

- Cette pièce mène aux pièces principales du manoir dit Fifi.

- Ok allons-y !

- Attends, je crois que ce n'est pas une bonne idée…rentrons chez nous…bredouilla Fifi

- Et tu me dis ça maintenant, dit Adam en chuchotant.

- C'est que…

- Tu ne veux vraiment pas retrouver ta mère ?

- Non… enfin si, mais je suis sure qu'elle n'est pas ici…

- Ok mais maintenant qu'on a fait tout ce chemin on va s'en assurer, dit-il avant d'ouvrir la lourde porte en bois massif.

Je te vois d'ici...

Ils pénétrèrent dans une pièce sombre et en traversèrent beaucoup d'autres qui, à vrai dire, étaient aussi sombres les unes que les autres. Il y avait dans chacune des pièces une atmosphère froide et inquiétante, ils finirent par traverser un immense salon où d'épais rideaux de velours rouge bordeaux habillaient les trois grandes portes-fenêtres présentes. Ils étaient seuls dans cette immense partie du manoir mais il ne pouvait s'empêcher de ressentir une présence. Une luminance attira leur attention, c'était celle des lustres imposants et diamantés qui reflétaient la lumière du jour et qui pendaient depuis le plafond telles de lourdes grappes de raisin. Le crépitement d'un feu de cheminée les fit sursauter, qui pouvait bien entretenir ce feu ? Y avait-il quelqu'un d'autre avec Mr Drumond ? Le mobilier quant à lui semblait avoir trouver sa place ici depuis des centaines d'années. Au fond de la pièce se trouvait un imposant et lourd rideau de velours rouge vif qui semblait mener vers une autre pièce.

— Derrière les rideaux y a des escaliers qui montent aux chambres, dit Fifi en chuchotant.

A peine eût-elle finit sa phrase qu'Adam souleva l'un des côtés du rideau rouge et là juste en face, dans le noir, ils virent quatre petits yeux ronds et rouges accompagnés de grognements.

— Oh putain ! Les Dobermans ! J'avais oublié les Dobermans !

Fati Elfa

— Quoi ?! Moi j'aurais pas oublié ce petit détail dit Adam n'osant pas bouger d'un poil.

— Ne bouge surtout pas, lança Fifi en tentant de garder son calme.

— De toute façon mes jambes veulent plus bouger.

Fifi se mit à marcher à reculons se dirigeant vers la cheminée.

— Tu fais quoi là ? demanda Adam en entrouvrant à peine les lèvres et en ne quittant pas des yeux les deux bêtes.

— J'ai vu la canne en bois du vieux près de la cheminée, je vais y allumer le feu.

— Décidément toi et le feu…

Les deux Dobermans se mirent à s'avancer doucement vers les enfants tout en continuant de grogner, de la bave dégoulinait de leurs puissantes mâchoires serrées.

— Dépêche-toi ! Ils s'approchent !

Je te vois d'ici...

Fifi décrocha l'une des cordelettes qui accompagnaient les rideaux qui étaient juste à côté d'elle puis se saisit de la canne en bois à laquelle elle attacha la cordelette.

— Dépêche-toi ! chuchota Adam qui tremblait de la tête aux pieds.

La jeune fille enfonça ensuite le bout de la canne pour que le feu prenne. Les deux molosses étaient sur le point de se jeter à la gorge du pauvre Adam lorsque celui-ci réussit à arracher une partie du rideau qu'il jeta à la gueule des chiens. Il rejoignit Fifi qui tenait maintenant une torche enflammée en direction des bêtes enragées. Les deux chiens réussirent après quelques secondes à se dégager du rideau et leurs faisaient à nouveau face.

— T'inquiète ! Ça craint le feu ce genre de Klebs !

Fifi s'avança vers les chiens en tendant la canne enflammée, ceux-ci reculaient mais ne semblaient capituler pour autant.

— Tiens regarde qu'est-ce que j'te disais !

— Et si le feu consume toute la canne ? demanda Adam en s'agrippant au bras de Fifi.

— Bein va falloir juste courir, dit-elle avec un calme absolu.

Adam se tourna vers Fifi, il était terrorisé mais surtout admiratif devant le courage et la témérité de la jeune fille. La torche de feu

Fati Elfa

improvisée semblait faire son effet, les chiens reculaient de plus en plus et les deux enfants entreprirent de monter les premières marches des escaliers à reculons pour que les deux bêtes restent à distance.

> – Va falloir se dépêcher les flammes vont bientôt consumer toute la canne !

Ils gravirent pas à pas les marches des escaliers, agrippés l'un à l'autre, mais l'exercice n'était pas facile car ils le faisaient à reculons. Ils devaient continuer à faire face aux deux chiens sanguinaires, ils brandirent à plusieurs reprises leur lance enflammée pour garder à distance les bêtes.

> – Va falloir se retourner pour courir vite ! s'écria Adam inquiet de voir les flammes dévorer de plus en plus vite le reste de la canne.

> – A trois on y va ok ?! continua-t-il en prenant l'autre main de Fifi.

Les molosses féroces et musclés n'étaient qu'à quelques mètres d'eux, grognant toujours plus fort et montrant leurs crocs aiguisés prêts à déchiqueter.

> – Un, deux, trois ! s'écrièrent-ils ensemble.

Je te vois d'ici...

Fifi balança ce qu'il restait de la canne consumée sur les chiens et ils gravirent le plus vite possible le reste des marches. Au bout des escaliers, il y avait une porte ouverte qui donnait aux chambres, à peine eurent-ils passé l'embrasure de la porte qu'ils la refermèrent in extremis sur la gueule de l'un des chiens féroces. Ils pouvaient entendre leurs griffes qui patinaient contre de la paroi de la porte qu'ils venaient de refermer in extrémis. Ils s'adossèrent à bout de souffle contre la porte et lorsque son souffle devint moins haletant, Fifi se retourna vers Adam et éclata de rire.

— Qu'est ce qui te fait rire ? C'est pas drôle !

— Si tu pouvais voir ta tête ! dit-elle entre deux éclats de rires.

Elle se laissa glisser jusqu'au sol en se tordant de rire.

— T'es folle ! dit-il en finissant par soupirer un sourire.

Il ne l'avait jamais trouvé aussi belle qu'à cet instant-là, il n'avait encore jamais rencontré une fille comme elle, une fille aussi désinvolte que mature, une fille transpirant autant la joie de vivre que la tristesse. Les chiens continuaient à gratter derrière la porte en jappant, frustrés par la perte de leurs proies.

— On est vraiment nuls comme enquêteurs ! lui dit-elle en le regardant et en souriant.

Fati Elfa

— Oui pour une fois j'suis d'accord avec toi ! Après les vieux Mattéi, la filature ratée et maintenant… ça…

— Tu crois qu'on aurait été de bons héros dans un roman d'Agatha Christie ?

— Ou Arabesque ? dit Adam en lui donnant un léger coup de coude.

— Je crois qu'avec Agatha Christie ils auraient été plus doués qu'nous les héros.

— Oh…je crois qu'on est vraiment des cas désespérés ! dit-il en éclatant de rire à son tour.

— Tu crois que c'est normal ?

— Quoi ?

— De se sentir toujours …

— Toujours quoi ?

Je te vois d'ici...

— Est-ce que c'est normal de se sentir toujours aussi nul ?! dit Fifi embarrassée.

— T'es pas nulle Fifi ! dit-il en lui prenant la main.

Fifi frémit sous le contact de la main douce et chaude de celui qui semblait désormais être son compagnon d'infortune.

— Alors pourquoi j'me sens toujours comme ça ? Comme si j'avais tout raté, comme si j'avais toujours fait de mauvaises choses, comme si je me trompais tout le temps ?! dit la jeune fille la voix chevrotante.

— Tu sais…j'suis qu'un enfant mais un jour une éducatrice m'a dit que personne n'était nul et encore moins un enfant…qu'on faisait tous de notre mieux avec c'qu'on avait et c'qu'on savait.

— Tu crois qu'on est comme les écrivains ? Qu'on pourrait genre inventer notre vie à chaque ligne, à chaque page ?

— Oui je crois…je crois qu'à des moments il faut faire des choix et ces choix nous font écrire une nouvelle ligne dans notre livre, c'est tout.

Les mains de Fifi étreignirent le bras d'Adam puis celle-ci posa sa tête contre le creux de son épaule, ils étaient si bien, là, rien que

Fati Elfa

tous les deux. Ce moment de tendresse et de douceur leur fit oublier l'espace d'un instant le grognement des chiens et le monde, ce monde dans lequel ils avaient eu si souvent l'impression d'avoir échoué et de n'avoir été eux-mêmes qu'une erreur. Fifi releva la tête pour regarder Adam, il tourna la sienne vers la jeune fille, leur bouche était si proche qu'ils pouvaient sentir le souffle l'un de l'autre. Leurs deux cœurs battaient la chamade, l'un avait le souffle haletant tandis que l'autre le retenait. Leurs deux lèvres se rapprochaient doucement, elles voulaient s'effleurer, fusionner par on ne sait quel magnétisme, ils ne les contrôlaient plus, cela était plus fort qu'eux malgré l'inconnu de ces premiers émois. Soudain les aboiements reprirent de plus belle, suivis du bruit des griffes qui râpaient encore la porte. Fifi s'éloigna brutalement d'Adam qui la regardait toujours avec tendresse puis elle lança avec une certaine gêne :

— Super on va sortir comment maintenant ? Avec ces deux bons toutous…

— Allez viens on va voir dans les chambres ! dit Adam en se relevant et en lui tendant la main.

— T'es déjà venue ici ?

— Oui une ou deux fois avec maman.

Je te vois d'ici...

Devant eux s'étendait un long corridor tapissé sur lequel donnait plusieurs chambres, un peu comme dans un hôtel de luxe, un papier peint, représentant des fleurs de lys aux feuilles blanches, habillait tous les murs de cet étage, les portes blanches étaient délicatement décorées de gravures et ornements reflétaient la noblesse des lieux.

— Toi tu vas regarder dans les chambres qui sont sur la droite et moi celles qui sont sur la gauche ok ? dit Adam qui ouvrait déjà l'une des portes.

— En espérant qu'il n'y ait pas d'autres Klebs ici, lança Fifi l'air malicieux.

Adam se retourna vers elle en grognant avant de pénétrer dans la chambre mais il ressortit aussitôt.

— T'auras ma mort sur ta conscience ! dit-il avant de retourner à l'intérieur de la chambre.

En entendant cette dernière phrase la jeune fille se figea un instant, tout son corps se raidit. Elle resta un instant à fixer le vide, complètement bouleversée par cette dernière phrase lancée innocemment par le jeune homme. Adam qui était déjà entré dans l'une des chambres ne s'aperçut pas de ce que cette simple phrase avait pu susciter chez la jeune fille. Il finit par sortir de la chambre qu'il venait d'inspecter, il la fixa un instant avant de se mettre à mimer un chien qui grogne et de rentrer dans la chambre suivante.

Fati Elfa

Le regard du jeune homme qui fut comme une lumière extérieure la sortit de cet état léthargique. La jeune fille éclata de rire avant de s'apercevoir qu'elle n'arrivait plus à s'arrêter de sourire bêtement quand Adam était là. Elle venait de se rendre compte à quel point elle se sentait différente lorsqu' elle était avec lui puis elle finit par se ressaisir pour reprendre les recherches. Ils fouillèrent ainsi toutes les chambres à la recherche de tout indice pouvant les éclairer sur la disparition de la mère.

- Y a rien ici, est-ce qu'il y aurait un autre endroit que tu connais où il pourrait avoir enfermé ta mère ?

- Je sais pas…une fois pendant que j'attendais ma mère dans la voiture je me suis un peu baladée et j'ai découvert des catacombes sous le manoir.

- Des quoi ?

- Des catacombes ! C'est un genre de cimetière souterrain quoi !

- Mais qui a des cimetières souterrains chez lui ?

- Les riches !

- Bein viens on y va alors !

Je te vois d'ici...

— Non mais ça fait trop flipper là-bas j'ai pas pu y rester plus de deux minutes ! s'écria Fifi qui regrettait déjà de lui en avoir parlé.

— Oh ça va ! T'as pas peur de deux bêtes enragées et t'as peur d'un truc pareil ?!

— Non j'ai pas peur ! C'est juste que ça m'dégoutte c'est tout ! répondit-elle vexée.

— On y jette juste un coup d'œil rapide pour être sûr puis on se tire d'ici, lui dit-il calmement comme pour la rassurer.

— Ok ! lui dit-elle sur un ton résigné.

— Et les toutous ? On en fait quoi ?

— T'inquiète je connais un autre passage mais va falloir passer par la cave…

Au bout du long corridor se trouvait une petite porte en bois que les jeunes gens poussèrent, cette porte lourde et grinçante menait à d'étroits petits escaliers en colimaçon. Adam et Fifi se penchèrent pour mieux observer ces étranges escaliers qui donnaient le vertige, ils semblaient interminables et s'enfonçaient

Fati Elfa

dans les profondeurs sombres du manoir. Quelque chose chatouilla la tête de Fifi qui s'aperçut qu'il s'agissait d'un petit fil qui pendait au-dessus de l'entrée des escaliers. Adam tira sur le fil lorsqu'une ampoule s'alluma en grésillant, elle éclaira les marches d'une lumière jaunâtre.

— Je passe devant toi, tu risquerais de dégringoler avec tes sandales.

Ils se regardèrent d'un air entendu, elle le trouvait si protecteur et avenant avec elle mais cela ne l'empêcha pas de frissonner tout de même de peur. Les deux jeunes gens commencèrent à descendre pas à pas les marches et plus ils descendaient profondément plus la lumière de la petite ampoule s'éloignait. Fifi s'arrêta un instant pour sortir de son sac banane une petite lampe de poche, qu'elle alluma et braqua sur les marches devant eux.

— T'as tout prévu on dirait !

— Sauf la muselière ! Mais pas pour les chiens la muselière hein !

Adam se retourna vers en roulant des yeux et lui prit la lampe des mains, leurs mains s'étaient à nouveau frôlées, ce qui ne manqua pas de la faire tressaillir à nouveau. Arrivée en bas ils découvrirent une immense pièce sans aucune ouverture, une pièce sombre et

Je te vois d'ici...

froide. Fifi eut une nouvelle fois envie de faire demi-tour lorsqu'Adam se retourna vers elle.

— On est où ici ?

— Ici c'est juste la cave, va falloir descendre plus bas…beaucoup plus bas ! répondit-elle malgré elle.

— Inspectons d'abord les lieux ! Faudrait être sûrs que ta mère ne soit pas enfermée là !

La pièce était immense, du vieux mobilier y avait été rangé recouvert par un drap blanc, ils en inspectèrent les moindres recoins à l'aide de leur lampe torche puis quelque chose attira leur attention. En effet au bout de cette pièce se trouvait une porte en fer rouillé à peine assez grande pour pouvoir laisser passer une personne et encore il aurait fallu s'agenouiller pour pouvoir la franchir.

— Putain ! Elle est fermée à clefs ! s'écria Adam.

— La dernière fois que je suis venue, elle était là juste à côté de la porte ! dit-elle en tâtonnant sur le dessus de la porte.

Fati Elfa

— Merde elle est plus là ! Faut la chercher ! Elle est peut-être planquée quelque part d'autre ! dit Fifi en lui arrachant à son tour la lampe torche.

Ils s'approchèrent du cadre de la porte et s'agenouillèrent au sol pour chercher à l'aveugle la clef mais ils y voyaient à peine ici, ils se relevèrent et continuèrent à chercher à tâtons, lissant les moindres lorsque soudain ils entendirent le cliquetis de la chevillette et la serrure s'ouvrir ! Ils doutèrent un instant de ce qu'ils avaient entendu mais le grincement de la porte ne laissa plus aucun doute. Ils hésitèrent un instant avant d'ouvrir un peu plus la porte, ils ne l'avaient pas encore complètement ouverte qu'ils entendirent des bruits de pas qui résonnaient, c'était comme si quelqu'un venait de dévaler les escaliers à toute vitesse ! Fifi et Adam se regardèrent figés par la peur, Adam arrivait à peine à avaler sa salive lorsqu'il dit :

— Faut qu'on y aille c'était pt' être ta mère…

— Non j'y vais pas j'ai trop peur ! C'est sûrement un piège ! On sait pas qui y a là d'dans !

Adam lui reprit la lampe des mains.

Je te vois d'ici…

— Allez viens, t'inquiète pas ça va aller, je passe devant.

Ils poussèrent la porte qui grinça de plus belle, ils durent s'accroupir et veiller à baisser la tête pour pouvoir la franchir. Ils descendirent à nouveau d'autres escaliers qui étaient toujours en colimaçon mais encore plus tortueux que les précédents. Ils descendaient prudemment les escaliers, prêts à opérer un demi-tour au moindre danger quand un bruit qui résonna plus bas les fit sursauter, c'était le bruit d'un objet métallique qui tombe !

— Non moi je remonte ! J'ai trop peur ! s'écria Fifi prise de panique.

— Non ! On y est presque ! dit-il en la saisissant par le bras tandis qu'elle tentait de remonter.

— Je croyais que tu étais déjà venue ici ?

— Oui mais je suis remontée à la moitié des escaliers que t'es en train de me forcer à descendre j'te signale !

— Allez Fifi ! Courage ! On y est presque !

Elle soupira avant de reprendre cette longue descente qu'il leur avait paru durer une éternité tant la tension était palpable. Adam braquait sa lampe torche aussi loin qu'il le put lorsqu'il distingua

Fati Elfa

dans la pénombre qu'il descendait les dernières marches. Un long tunnel sombre et étroit leur faisait désormais face, le décor se faisait de plus en plus lugubre et glauque. Les murs étaient de part et d'autre incrustés d'ossements et de crânes humains empilés les uns aux autres !

— Ah ! hurla Adam en sursautant.

— Ce sont des vrais tu crois ? reprit-il le visage défiguré par une grimace de dégoût.

— Bien sûr que ce sont des vrais tu crois quoi ? Que c'est une putain d'ambiance d'Halloween ?!

— T'es vraiment grossière, on est dans un cimetière j'te rappelle !

— Ce manoir existe depuis des siècles et ça c'est un peu leur ancien caveau fami…

Soudain un énorme fracas provenant de l'autre bout du tunnel les fit à nouveau tressaillir puis il leur sembla entendre une respiration haletante.

Je te vois d'ici…

— Y a quelqu'un c'est sûr, chuchota Fifi tandis que les larmes lui montaient.

— Y a quelqu'un ?! Qui est là ?! s'écria Adam.

— Chuuuuut…tais-toi ! Mais ques' tu fais ?! dit Fifi la voix empreinte de terreur.

— Bein je demande qui c'est ! et qui que ce soit il ou elle sait qu'on est là ! dit-il encore plus fort, en regardant tout autour de lui.

Fifi venait de ramasser un bout de planche en bois quasi moisi par l'humidité qu'elle brandit devant elle prête à en découdre avec cette chose !

— Qu'est-ce que tu fais ? Tu t'es pris pour Wonder Woman ou quoi ?

— Ouais bein au moins moi j'me défendrai !

Une ombre fugace passa juste devant eux, ils n'eurent pas le temps de voir ce que cela était, l'endroit était humide et la pénombre semblait régner en ces lieux. Ils continuèrent à longer courageusement le long et sombre tunnel dont les murs étaient incrustés de crânes humains. Le fort taux d'humidité qui régnait

Fati Elfa

dans ces catacombes attaquait désormais les piles de leur lampe torche. Plus la lumière faiblissait plus la pénombre envahissait les lieux, le silence devenait de plus en plus terrifiant. Les deux jeunes gens n'entendaient plus que les battements de leurs cœurs saccadés mêlaient aux clapotis de gouttes d'eau qui tombaient depuis les parois de cet interminable tunnel lorsqu'ils finirent par arriver à un croisement.

— Qu'est-ce qu'on fait ? On continue ?
— On n'a presque plus de lumière, si ça s'éteint on va mourir, ici et on ne nous retrouvera jamais ! s'écria Fifi alors qu'elle s'agrippait de plus en plus fort à Adam.
— On continue tout droit alors, comme ça on ne se perdra pas.
— Adam j'ai vraiment peur.
— Je suis là, moi j'ai pas peur mentit Adam.
— Comment tu fais pour être si courageux ?
— Et toi comment tu fais ? lui rétorqua-t-il.
— Je ne suis pas courageuse moi.
— Si tu pouvais te voir, tu verrais que si.
— Pas comme toi alors.
— Moi j'y suis habitué, je suis courageux parce que c'est le seul moyen pour avoir la paix, c'est tout.

Soudain ils distinguèrent à quelques mètres devant eux des faisceaux de lumières rouges, orangés et même bleus. Il semblait que ces lumières les inviter à les suivre et plus ils s'approchaient

Je te vois d'ici...

d'elles plus ils voyaient que ces lumières provenaient de petites ampoules rondes incrustées sur une voute en pierre juste devant eux et qui menait vers une autre pièce. L'ombre fugace les bouscula par derrière manquant de les faire tomber !

— Putain ! Qu'est-ce que c'était qu'ça ?! s'écria Adam en se retournant.

— Quoi que ce soit j'suis prête moi ! dit Fifi en brandissant haut son arme de fortune, prête à shooter dedans s'il le fallait.

Plus ils avançaient dans ce tunnel mortuaire plus l'ombre réapparaissait devant eux, elle était comme un papillon fou qui cherchait à sortir. Ils franchirent ensemble la voute en restant sur leurs gardes. Cette fois-ci ils semblaient être arrivés au bout du tunnel, lorsqu'ils virent plusieurs stèles devant eux sculptées de plusieurs ornements et portant des inscriptions.

— Ce sont des sépultures, dit fifi en essayant de lire l'une des inscriptions écrites en latin.
— Des quoi ?
— Des sépultures, des tombes quoi.

L'une des sépultures attira plus particulièrement leur attention, elle était en effet isolée des autres par une paroi transparente.

Philautie Jack purent-ils lire sur le fronton de l'imposante stèle.

— Mais c'est le même nom de famille que celui de ma mère !

Fati Elfa

— Comment ça ? C'est quelqu'un de ta famille ?
— Je crois que c'est un des oncles de ma mère, répondit Fifi en pressant une main sur la paroi de verre entourant la stèle.
— Mais qu'est-ce qu'il fout là ?
— J'sais pas…

Fifi fit le tour de cette étrange sépulture en forme de monument aux morts, à la recherche de quelconque indice.

— T'as trouvé kek chose ?

Derrière la stèle se trouvait une petite trappe juste assez grande pour y passer la main. Fifi put voir qu'il y avait là un amas de feuilles de papiers, superposées les unes sur les autres.

— Touche pas ça ! C'est p'tet de la sorcellerie !
— Tu crois à ça toi ? dit-elle en empoignant les feuilles de papiers amoncelées sur le sol.

La jeune fille déposa fébrilement le amas de feuilles sur l'un des rebords de cet étrange endroit. Toutes les feuilles de papiers étaient soigneusement pliées en quatre parfois même plus, de sorte qu'on ne pouvait y lire ce qu'il y était inscrit sans les ouvrir. Elle jeta un coup d'œil furtif sur Adam comme pour se donner du courage et ouvrit l'une d'elle.

Je te hais ! Pourquoi tu m'as fait ça !

Je te vois d'ici...

Je t'aimais j'étais ta nièce !
Puisses tu pourrir en enfer !
J'aurai aimé te tuer de mes propres mains !
Pendant que Fifi lisait l'une des lettres, son visage devint livide tandis que Adam en piochait une autre.
Tu m'as obligé
Je n'étais qu"une enfant !
Tu as détruit ma vie !

— C'est bon je me rends !

Là, tapi dans l'ombre dans l'un des recoins du tunnel surgit une petite forme humaine. La voix était celle d'un homme mais la taille du corps était celle d'un enfant. Ils braquèrent la lampe sur lui et l'observèrent de haut en bas, voyant qu'il s'agissait en fait d'un homme de petite taille !

— Qu'est-ce que vous nous voulez ?! s'écria Fifi en brandissant vers lui sa planche de bois.

— Rien ! Ne me faites pas de mal s'il vous plaît ! Je voulais seulement vous aider ! gémit-il.

— Je vois que vous les avez trouvées...venez on remonte et je vous expliquerai tout ! ajouta-t-il.

Fati Elfa

— Non mon gars tu vas tout nous raconter ici et maintenant ! s'écria Adam.

— Ok…je…je suis ici pour les reprendre mais je ne savais pas que vous seriez ici…
— Reprendre quoi ?!

Il n'y eut pas de réponses durant plusieurs secondes, ce qui ne manqua pas d'agacer Adam qui arracha la planche des mains de Fifi pour le menacer à son tour.

— Non ! Pitié ! s'écria le pauvre petit homme en se cachant derrière ses petites mains potelées.

— Bon alors crache le morceau ! Tu sais où elle est sa mère ?!

— Non …mais je sais qu'elle n'est pas ici…sanglota-t-il.

— Tu te fous de nous !

— Arrête ! s'écria Fifi en arrachant la planche des mains d'Adam.

Elle jeta la planche au sol et s'approcha de l'homme de petite taille qui s'était recroquevillé sur lui-même, il semblait si vulnérable que

Je te vois d'ici...

Fifi le prit en pitié. Elle s'accroupit près de lui en lui tapotant légèrement l'épaule.

— Ne vous inquiétez pas Monsieur, on ne vous fera aucun mal.

— Je suis désolé Mademoiselle, je suis désolé !

— C'est pas grave, on veut juste retrouver ma mère…j'me rappelle de vous…je vous ai vu un jour ici avec Mr Drumond…

— Monsieur Drumond ! se mit il à sangloter de plus belle.

— Est-ce que vous savez où est ma mère ?

— Non…Mr Drumond va bientôt mourir et il m'a demandé de cacher toutes ces lettres…dit-il en regardant en direction du tas de feuilles de papier que venait de sortir la jeune fille.

— Ces lettres ? Mais à qui sont-elles ?

— Elles sont de …de votre mère.

Fati Elfa

— C'est ma mère qui a écrit tout ça ? J'ai même pas reconnu son écriture…mais à qui elle écrivait tout ça ?

Le petit homme pointa du doigt l'immense stèle portant les inscriptions ***Jack Philautie.***

— Mais qui c'est ?!
— C'est…c'était l'oncle de votre mère Mademoiselle…
— L'oncle de ma mère ? Mais ma mère ne m'a jamais parlé d'un oncle, elle n'avait aucune famille…

Fifi se détourna du petit homme pour ouvrir fébrilement une autre des lettres pliées, elle ne reconnaissait pas l'écriture de sa mère. Les mots griffonnés semblaient emplis d'une telle colère, d'une telle haine et surtout d'une telle détresse qu'elle n'arrivait pas à croire qu'ils provenaient de la main de sa mère.

— Pourquoi ?! Pourquoi la tombe de son oncle est ici ? Et pourquoi elle lui écrit tout ça ?

— Et qu'est-ce que votre Mr Drumond a à voir avec ça ? ajouta Adam.

Le petit homme poussa un long soupir, se releva doucement, arrondi ses épaules, osant à peine les regarder.

Je te vois d'ici...

— Mr Drumond était devenu l'ami de votre mère, il ne lui a fait aucun mal, au contraire il a veillé sur elle et sur vous.
— C'était vous ? C'était vous qui me suiviez partout ?

Le petit homme acquiesça d'un hochement de tête avant de poursuivre :

— Dans sa jeunesse Mr Drumond était le meilleur ami de l'oncle de votre mère…mais quand votre mère lui a raconté ce qu'il lui avait fait…une bagarre a éclaté entre eux…Mr Drumond était furieux…
— Quoi ? demanda Fifi d'une voix à peine perceptible.

Tous les souvenirs de sa mère lui revinrent en tête comme une explosion, son beau visage, sa douceur, son élégance et ses faux sourires. La jeune fille était complètement abasourdie par ce qu'elle venait d'entendre.

— Mr Drumond est mon employeur depuis des années, c'est un homme bon et votre mère a trouvé ce moyen, ce seul moyen, celui de lui écrire des lettres pour évacuer toutes ces… horribles choses…

— Ainsi vous m'avez suivi jusqu'ici ! Je suis policier je vous rappelle, c'est moi qui prends en filature d'habitude ! résonna une voix derrière eux.

Fati Elfa

C'était celle de Joe le flic ! Son corps fluet s'approchait doucement d'eux tout en braquant sur eux une lumière aveuglante.

- Vous ?! C'est vous qui détenez ma mère ?! Elle est où ?!

- Non...je ne la détiens pas jeune fille...personne ne la détient et tu le sais très bien ! Je la cherchais et Mr Drumond aussi d'ailleurs, on voulait juste l'aider...et nous savons tous les deux la vérité n'est-ce pas ? dit-il en direction de Fifi.

- Mais comment ça ?! Qu'est-ce qu'il raconte Fifi ?!

- Je te cherchais avant de...

- Faut que je remonte ! J'arrive plus à respirer ! Il me faut de l'air ! s'écria Fifi.

Fifi fut saisie d'une terrible angoisse, toutes les pensées s'entremêlaient avec fracas dans sa tête tandis que ses côtes se soulevaient par saccades, elle n'arrivait plus à respirer, ce sous-sol était devenu comme un étau qui se resserrait autour d'elle, autour de son pauvre petit cœur qui n'en pouvait plus.

- Fifi, calme-toi, dit Adam en tentant de la prendre dans ses bras.

Je te vois d'ici...

Elle le repoussa violemment et courut de toutes ses forces, le souffle court et haletant tandis qu'Adam se lançait à sa poursuite, elle finit par remonter jusqu'à la surface du jour qui commençait à décliner. Les dernières lueurs du jour semblaient embraser chaque recoin de nature de couleur rouge pourpre. La nature semblait rougir de colère comme l'était en ce moment Fifi. Elle courut sans s'arrêter aussi vite et loin qu'elle le pût jusqu'à en perdre haleine, tandis qu'au loin l'ombre continuait de l'observer. Elle n'eut aucune idée d'où aller, elle courait seulement droit devant elle, essayant de fuir quelque chose qui était en réalité à l'intérieur d'elle. Fort heureusement la pleine lune éclairait son chemin tandis qu'elle poursuivait sa course folle, haletante, elle distingua le lac au loin. C'était le lac où l'emmenait son père, elle s'arrêta un instant pour reprendre son souffle tandis que des souvenirs des temps heureux avec sa famille lui revenaient en tête tels des flashs backs sans fin. Elle se dirigea vers le ponton qui menait au lac, elle le longea jusqu'à son extrémité et s'assit au bord. Une multitude d'image se bousculait dans sa tête, elle vit les lettres, Mr Drumond, le visage de sa mère, les bouquets de fleurs, les lettres de sa mère, les moqueries à l'école, la maison vide et le froid. Tout ce qu'elle avait voulu à cet instant c'était d'être une chenille que personne ne remarque, ne plus réfléchir, ne plus ressentir pour ne plus souffrir mais la vie ne semblait pas de cet avis et son corps non plus car il commençait à sentir, à comprendre et on ne peut leurrer un corps qui sent. Puis petit à petit son esprit s'anesthésia, une fatigue l'envahit et elle finit par s'endormir là, contre l'une des poutres du ponton. Le bruit de la nature qui s'éveille doucement à l'aube la réveilla, elle eût cette sensation malaisante qu'on a lors d'un

Fati Elfa

lendemain d'horreur, lorsqu'on se rappelle que tout est vrai, que tout a vraiment eu lieu. Elle resta ainsi longtemps à contempler ce magnifique lever de soleil qui fut la plus belle des parenthèses. Elle se leva et s'approcha du bord du ponton, elle était si proche qu'elle pouvait à tout moment tomber, à ce moment précis elle ressentit le désespoir de vivre et le courage des vaincus. Et si jusqu'à la fin elle pouvait prendre le contrôle, écrire sa ligne, prendre le pouvoir sur cette heure qui nous attend tous tapie dans l'ombre et invisible alors elle le prendrait. Elle se battait contre son instinct de survie malgré la peur qui l'envahit, elle avait pris enfin la décision, son envie de ne plus rien ressentir écrasa sa peur. Elle allait le faire, cette fois elle allait vraiment le faire. Une légère brise se leva et la fit frissonner tandis que le lever du soleil habillait le ciel d'un manteau orangé, c'était l'instant parfait pour abandonner, pour rendre sa vie. Elle tendit ses bras en croix et se laissa tomber en arrière dans l'eau glaciale tel un poids mort puis le silence. L'ombre qui était toujours là, sauta dans l'eau juste après elle. Elle s'enfonça lentement dans les profondeurs de ces eaux froides, elle voulut ouvrir les yeux une dernière fois pour voir ce monde qu'elle refusait poliment, lorsqu'elle vit une ombre se rapprocher lentement d'elle, plus elle se rapprochait d'elle plus elle voyait qu'il s'agissait d'une pieuvre ! Une pieuvre aux cheveux d'argent lui faisait désormais face mais étrangement Fifi n'eut pas peur et la dernière chose qu'elle vit dans ce silence assourdissant, c'était son dernier souffle qui s'échappait en un filet de bulles vers la surface de l'eau.

Je te vois d'ici...

Le paysage verdoyant contrastait avec le bleu qui entourait cette immense planète, elle était recouverte d'un immense sous-bois, peuplé de mousses, de lierres et de lichens géants. La lumière peinait à traverser le dôme qui recouvrait cette planète tandis que d'autres gigantesques plantes encore jamais vues s'entremêlées et recouvraient un ciel qu'on ne voyait pas. A peine Fifi eut elle entrouvrit les paupières que tout lui revint en mémoire, le monstre boueux, les tentacules. Elle peina à se relever, son regard vagabonda autour d'elle et ce qu'elle vit la stupéfia ! Il y avait des milliers de bulles, peut être des millions qui circulaient lentement dans cette planète assombrie par la végétation. Il y avait une silhouette à l'intérieur de chacune de ces bulles opaques qu'elle voyait passer devant elle, avant qu'elle ne perde à plusieurs reprises conscience, ses paupières s'entrouvraient à peine quelques secondes avant de se refermer à nouveau. La jeune fille luttait contre cet état léthargique lorsqu'elle se rendit compte que les silhouettes à l'intérieur des bulles étaient des enfants ! Certains semblaient dormir, d'autres semblaient figés, debout, les bras ballants, d'autres encore discutaient avec on ne sait qui alors qu'ils étaient seuls dans ces bulles. Des millions de bulles virevoltaient sans se toucher dans cet étrange monde. Il lui sembla être restée ainsi des jours durant, recroquevillée sur elle-même, tentant de se réveiller en vain. L'espace dans sa bulle y était assez restreint mais cela n'était pas inconfortable, bien au contraire, elle s'y sentait étrangement bien. Dans cette bulle opaque, elle n'avait aucun besoin, ni celui de manger ni celui de boire et surtout elle n'avait aucune de ces pensées qui l'envahissaient pour la faire souffrir. Il lui sembla avoir dormi des jours et des jours, oscillant entre plusieurs réalités, celles des merveilleuses planètes, celle de sa vie

Fati Elfa

sur Terre et celle des bulles. Elle ne savait plus où elle était et dans cet état somnolent tout se mélangeait dans sa tête tandis que sa bulle poursuivait son chemin en virevoltant au milieu des autres dans cette étrange planète. Entre veille et sommeil, la jeune fille put tout de même remarquer que les autres bulles n'étaient pas exactement comme la sienne, elles étaient certes opaques mais elles étaient plus sombres que la sienne, on pouvait à peine y distinguer des silhouettes qui semblaient être pour la plupart des silhouettes d'enfants. Sa bulle à elle contenait plus de lumière mais celle-ci faiblissait au fur et à mesure que le temps passait. Une bulle frôla la sienne assez de temps pour qu'elle ait pu distinguer la silhouette d'un petit garçon.

— Hey ! Eh oh toi ! Tu m'entends ?! cria -t-elle avec le peu d'énergie qui lui restait.

Elle essaya à nouveau d'entrer en contact mais l'enfant ne fit aucun mouvement. Lorsque Fifi arrivait à sortir un peu de sa torpeur, elle essayait de toucher sa bulle qui était comme une membrane élastique, elle avait beau taper dessus elle ne se fissurait pas. La petite fille essaya à nouveau d'entrer en contact avec d'autres enfants mais en vain. Sa bulle était en perpétuel mouvement dans les airs et elle n'avait aucun contrôle sur elle, cela ne lui facilitait pas la tâche. La jeune fille resta un long moment prostré et apathique dans cette bulle qui était devenue sa prison. De temps en temps, un flux de pensées remplis de souvenirs envahissait sa tête, c'est alors qu'elle pensait à son père qui adorait les motos, elle avait d'ailleurs chevauché l'une d'entre elle, agrippée à son dos,

Je te vois d'ici...

quelle sensation merveilleuse ce fût, puis ce souvenir lui fit penser à Lynette lorsqu'elles avaient survolé ensemble cet univers incroyable ! La lumière de sa bulle s'amenuisa lorsqu'une pensée fugace lui rappela le souvenir de sa mère puis celui de Lynette et d'Adam. Elle se demandait ce qu'ils pouvaient bien faire, s'ils étaient à sa recherche et s'ils la sauveraient de cette prison de verre ? Avaient-ils seulement existé ? Il lui sembla qu'elle était la seule personne dans ces bulles à être consciente et à pouvoir penser, un grand sentiment de solitude l'envahit lorsqu'elle vit arriver vers elle une bulle qui n'était pas comme les autres. Cette bulle était un peu comme la sienne car elle était plus lumineuse que les autres. Fifi écarquilla les yeux lorsqu'elle distingua qu'une silhouette avait elle aussi le nez collé à la paroi de sa bulle.

Depuis la disparition de la pauvre Fifi, Lynette et Adam n'eurent de cesse de la rechercher dans tout cet univers infini, visitant une à une toutes les planètes de ce vaste univers mais un univers en cachait toujours un autre. A chacune de ses escapades dans son monde, Adam n'hésitait pas à parcourir en compagnie de Pops et Lynette d'autres contrées pour rechercher inlassablement son amie. Un jour, ils firent une pause dans une planète aux drôles de formes et aux anneaux de cristal. Cette planète-ci appartenait à un petit garçon prénommé Esteban. Lassés, Lynette et Adam décidèrent de se reposer tout en haut de la plus haute montagne qui ornait cette planète à la forme conique. Le sommet de cette montagne rouge était immaculé de blanc telle une fraise saupoudrée de sucre glace. Ils s'allongèrent et contemplèrent le ciel laiteux de cette planète qui les recevait le temps d'une pause, ses anneaux de cristal faisaient penser à l'alliage

Fati Elfa

d'argent dont étaient fabriqués les CD. Quel spectacle merveilleux ce fût pour eux que de contempler ces étoiles traversées par de tels anneaux brillants ! Soudain, sur une partie des anneaux, ils virent le reflet de Fifi ! Ils purent la voir très distinctement, elle essayait de sortir d'une bulle dont elle était vraisemblablement prisonnière. Ils sentirent une présence c'était le petit Esteban qui, penché sur eux leur transmettait par la pensée l'image de Fifi.

Adam se releva brusquement :

— Mais qui es-tu ? Et comment sais-tu tout ça ?

— J'y étais aussi dans ce monde-là, répondit timidement le petit Esteban.

— Dis-moi comment on y va ?! Où est-ce ?!

« **C'est lui qui vous y emmène** ».

— Qui lui ?! Le monstre tu veux dire ?!

Esteban poussa un long soupir en regardant Adam.

— Vous ne comprenez rien… ce n'est pas un monstre, chuchota le petit Esteban.

Je te vois d'ici...

— Quoi ?! Mais...

Adam n'eut pas le temps de finir sa phrase que le petit Esteban avait déjà disparu !

Mais Lynette, elle, venait de comprendre.

— Elle est dans le monde des bulles, son sort ne dépend plus que de son choix, lança tristement Lynette.

— J'm'en fiche ! Moi je n'vais pas la laisser tomber ! Je vais aller la chercher avec ou sans toi !

Adam grimpa sans plus attendre sur le dos de Pops son fidèle destrier et ils s'envolèrent ensemble avec une telle rapidité qu'ils fendirent le ciel en quelques secondes pour se retrouver à parcourir des kilomètres et des kilomètres de couloirs interminables, c'était comme s'ils changeaient de mondes ou de dimensions à chaque seconde et à la vitesse de la lumière. Ces couloirs étaient emplis de lumières et de couleurs éblouissantes qui tour à tour s'intensifiaient puis faiblissaient, c'en était vertigineux ! A chaque distance parcouru les couloirs se rallongeaient, la matière et la lumière fusionnaient et se l se mouvaient tel un mirage en plein désert. Devant la ténacité de Adam, Lynette n'eut d'autres choix que de les suivre et puis elle appartenait à Fifi, c'était son animal légendaire, elle lui devait aide et soutien en toutes circonstances, Lynette devait une allégeance totale à la Gardienne. Ils finirent par sortir de ces couloirs comme on finit la descente

Fati Elfa

d'un toboggan vertigineux et se retrouvèrent face à une gigantesque planète ronde et d'un bleu flamboyant, un de ces bleus que l'on ne peut voir qu'au-dessus des océans les plus profonds. Plus ils s'en rapprochaient plus ils constataient que cette planète n'était pas vide et plus ils s'approchaient du sol plus ils pouvaient distinguer qu'il y avait là des milliers d'objets empilés les uns sur les autres et sur quasi toute la surface ! Plus qu'à quelques mètres du sol ils finirent par constater qu'il s'agissait d'un tas de peluches, de poupées et doudous en tous genres et de toutes tailles, il semblait y en avoir des milliers ! Le sol de cette drôle de planète en était recouvert. Lynette ne voulait pas atterrir tout de suite, elle plana un moment au-dessus des terres comme un aigle en repérage. Il fallait trouver le parfait endroit dans ces milliers de kilomètres carrés. Elle finit par atterrir sur une étrange montagne où s'amoncelait un tas de peluches et de poupées en plastique de toutes les couleurs et de toutes les formes. Au bas de la montagne se tenait une jeune enfant qui ne semblait pas avoir plus de quatre ans. La petite fille avait le teint hâlé et une longue chevelure brune, son visage de poupon la rendait irrésistiblement touchante. Elle tenait une de ces peluches, serrée tout contre son cœur, il s'agissait d'un éléphanteau auquel il manquait un œil de verre.

« **Elle, c'est la petite Sofia dont ils ont changé le prénom pour Maria** » entendit soudainement Lynette dans son esprit, ce fut comme un écho lointain qui la surprit.

Lynette était l'animal des Gardiens, elle avait le don d'entendre les murmures des réalités à l'instar des Gardiens.

Je te vois d'ici…

— Que lui est-il arrivé pour que l'ombre veuille l'emporter ? demanda Adam.

— Tout ce que je sais c'est que l'ombre ne prend pas les enfants au hasard…dit Lynette qui commençait à déployer ses ailes pour rejoindre la petite fille.

Mais soudainement l'enfant se mit à auréoler d'une magnifique et douce lumière dorée et elle se mit à fredonner une berceuse de sa douce petite voix d'enfant.

— La la la, chantonna-t-elle somnolente.

— Il va bientôt venir chercher Maria car elle commence à s'endormir, il va falloir à tout prix qu'on parte avec lui ! Tu es prêt ?! chuchota Lynette à Adam.

Cette question semblait superflue tant la détermination pouvait déjà se lire dans le regard d'Adam. Soudain les éclairs et les grondements qui précédaient toujours son arrivée apparurent, le monstre géant déboula du ciel et sauta à pieds joints sur le sol, faisant trembler la terre. Ça y est ! Il était là ! Celui qui arrachait les enfants de leur monde pour les emmener on ne sait où et qui avait aussi enlevé Fifi mais cette fois Adam avait bien l'intention d'en savoir plus. Lynette regarda Adam un long moment avant de céder.

Fati Elfa

« Grimpe sur mon dos ! Ce n'est pas la peine de tous y aller, laissons Pops en sécurité ! » lui transmit-elle par la pensée.

Adam eut une dernière caresse pour son ami Pops et s'agrippa au dos de Lynette qui se dirigeait déjà vers le monstre. Le monstre possédait plusieurs tentacules immondes mais celle dont il se servait pour prendre les enfants n'était pas comme les autres. En effet, celle-ci sortait de sa poitrine et saisissait délicatement l'enfant endormie car il les endormait toujours avant de les enlever.

– Il faut qu'on se pose sur le sommet de sa tête ! C'est le lieu le plus sûr !

La force du vent qui venait de se soulever était telle qu'Adam avait du mal à rester agrippé à Lynette, le vent se transforma en une tornade assourdissante. Il fallait atteindre les hauteurs du monstre avant qu'ils ne les voient mais amorcer une telle montée nécessitait beaucoup de force et d'énergie. Le monstre était vraiment immense et ils n'en étaient même pas à la moitié de sa hauteur. Lynette commençait à faiblir et ses dernières forces commençaient à la lâcher. Elle se mit à perdre de l'altitude, épuisée et découragée par le chemin qui lui restait encore à parcourir avant d'atteindre la gigantesque tête du monstre. Adam appela par la pensée son fidèle animal Pops, qui était resté plus bas, il arriva à lui en un instant, ici le temps n'avait pas de durées. Telle une flèche lancée à vive allure Pops arriva au niveau de Lynette et Adam, à ce

Je te vois d'ici...

moment Pops sortit sa corne de son front d'où sortait une lumière éclatante qui se mit à irradier vers la corne de Lynette, Pops transmettait depuis sa corne sa force à Lynette ! C'est ainsi que Lynette put reprendre sa lancée vers le point culminant qui était la tête du monstre. Il lui semblait nager à contre-courant mais à cet instant Lynette était plus forte que jamais. Ils arrivaient désormais au niveau du buste du monstre mais le plus dangereux restait à venir. Il pouvait désormais les voir à tout instant et les écrabouiller tel un petit insecte insignifiant ! Adam avait si peur qu'il avait l'impression que son cœur allait bondir de sa poitrine, il n'avait jamais craint la mort car il savait que ce n'était pas une fin mais il ressentait au plus profond de son cœur qu'il s'agissait de tout autre chose, une chose plus effrayante que la mort. Son tentacule qui avait saisi la fillette, la rapprocha de sa tête casquée. Le monstre resta un moment à contempler de près la petite fille qui était prisonnière de son tentacule, c'était comme s'il lui absorbait de la vie, de l'énergie ! Ils arrivaient maintenant au niveau de sa tête, qui, aussi surprenant que cela puisse paraître était plutôt petite comparée à la taille du reste de son corps. Le monstre portait un casque fabriqué à partir d'une matière inconnue, une matière qui était aussi solide que liquide, une matière qui pouvait se mouvoir ! Plus ils s'approchaient de la tête du monstre aux tentacules, plus ils constataient qu'il n'était pas aussi laid qu'on eut pu le croire, il avait une tête d'humain et même un humain doté d'une grande beauté ! C'en était stupéfiant ! En effet, ses traits étaient fins et délicats, son regard était doux et ses yeux emplis de compassion observaient toujours la petite fille. Ils arrivaient au niveau le plus dangereux, là où ils étaient désormais à découvert. Lynette et Adam continuaient à monter, ils essayaient de passer derrière lui

Fati Elfa

mais les bourrasques y étaient plus violentes. Ils y étaient presque ! Ils avaient presque dépassé la hauteur de ses yeux, leur seul but était d'atteindre le sommet de sa tête. La tension était à son paroxysme mais il fallait monter plus haut ! Adam ne respirait plus tant il craignait d'être repéré lorsqu'un reflet de lumière sur la corne de Lynette attira l'attention du monstre. Il leva d'abord les yeux puis la tête et tenta de les attraper avec une de ses tentacules géants. Lynette engagea des loopings désespérés afin de lui échapper mais ses forces commencèrent à diminuer à nouveau et à chaque fois il s'en fallait de peu pour qu'une seule des tentacules du monstre les empoigne et les brise ! Lynette se mit à regarder Adam d'un regard empreint de détresse et de courage mêlé, des adieux sans mots qu'eux seuls pouvaient entendre. Pops surgit à nouveau, qui, tel un insecte fou se mit à tournoyer rapidement autour du monstre, le rendant fou de rage, pris de confusions il vacilla et perdit un instant l'équilibre. Il s'immobilisa un instant se concentrant sur les bruissements d'ailes puis sournoisement une de ses tentacules arrière faillit saisir le pauvre Pops qui mettait une énergie folle à semer la confusion chez cet être immonde qui menaçait ses amis. Le monstre ne semblait plus savoir où donner de la tête entre Lynette et Pops, on aurait dit qu'il essayait de dégager deux moustiques acharnés ! Le monstre tenait toujours la fillette entre ses tentacules visqueuses mais il voulait aussi désormais attraper les deux intrus qui avaient osé le défier puis soudain Lynette perdit de l'altitude, elle venait d'être assommée violemment par l'une des tentacules !

— Noooon ! cria Adam.

Je te vois d'ici…

Adam s'agrippa encore plus fort à Lynette tandis qu'ils perdaient de l'altitude à une vitesse effrénée. Pops se rendit compte de la situation critique et entreprit une descente fulgurante pour tenter de rattraper ses amis avant l'issue fatale ! L'animal réussit à les atteindre et à se positionner suffisamment proche d'eux, la chute était vertigineuse mais Adam tenait bon la corne de Lynette puis Pops lança le filet qu'il avait sur le dos pour cueillir ses amis telles des pommes tombant d'un arbre ! L'héroïque animal entreprit de remonter à nouveau jusqu'à la tête du monstre pour y déposer ses compères mais c'était sans compter la vigilance redoutable du monstre et à nouveau un tentacule visqueux s'abattit sur eux, manquant de faire tomber Adam et Lynette ! Adam tentait inlassablement de réveiller Lynette mais en vain lorsqu'il vit Pops sortir son dard pour piquer le monstre au niveau du cou. Pops continua son ascension vers la tête tandis que le monstre saisit d'une vive douleur tenta de soulager celle-ci avec une de ses tentacules. Puisant dans ses dernières forces Pops finit par atterrir sur le sommet de la tête du monstre là où il ne pouvait plus les voir, là où ils seraient enfin en sécurité. Lynette reprenait peu à peu ses esprits, elle vit Adam les yeux pleins de larmes et qui regardaient tendrement Pops.

— Pourquoi t'as fait ça ?! Pourquoi t'as utilisé ton dard ?

Adam était au bord des larmes tandis qu'il regardait l'abdomen de Pops à moitié déchiré.

— Toi aussi tu m'abandonnes ?

Fati Elfa

Pops lança un dernier regard plein d'amour à son fidèle ami de toujours et se laissa tomber dans le vide. Les yeux embués de larme, il tendit sa main vers la pauvre bête comme pour la rattraper mais il savait déjà que cela était en vain. Adam resta un long moment figé, paralysé par le choc de cette perte immense. Il n'arrivait pas à détacher les yeux du contrebas, là où il avait vu disparaitre son ami. Lynette se leva péniblement encore un peu abasourdie par tout ce qui venait de se passer, elle tenta de consoler le petit Adam en léchant avec tendresse ses joues mouillées. Le vent de l'altitude ébouriffa les cheveux bouclés d'Adam qui s'entremêlèrent avec la crinière de Lynette comme avant avec Fifi. Cet instant se figea dans le temps et ils se tinrent ainsi l'un contre l'autre un moment indéfini, un moment qui n'existait pas l'instant d'avant mais qui avait été créé pour maintenant et qui changeait tout pour toujours si telle en était la pensée. Ainsi dans ce monde tout n'était pas que joie, tout comme la nature, tout variait, tout changeait en une boucle infinie. Le moins difficile étant peut-être de devoir l'accepter avec amour, un amour qui s'effectue dans le silence et dans un sacrifice volontaire.

Soudain, une secousse les fit sursauter, le monstre s'en allait tandis qu'ils s'agrippaient comme ils pouvaient, il fit un bond et s'élança tel un super héros hors de la planète tenant entre ses tentacules la pauvre enfant endormie. C'était comme s'ils avaient tous explosé en millions de petites particules et qu'ils s'éparpillés partout à la fois ! Ils se sentirent d'abord eau puis air puis ils avaient l'impression de traverser une sorte d'espace-temps où ils pouvaient être tour à tour nature puis animal puis minéral et tout

Je te vois d'ici...

et rien à la fois ! Ils voyaient le monde sous tous les angles possibles et imaginables, sous toutes les formes possibles et imaginables puis l'espace se mit à se restreindre, c'était comme s'ils coulaient à travers un tuyau qui se déversa dans une nouvelle planète. Il semblait que cette planète, contrairement aux autres, n'avait pas de centre de gravité, ils se retrouvèrent en apesanteur un moment avant de rencontrer ce qui ressemblait à des milliers de bulles qui flottaient de part et d'autre de cette drôle de planète. La planète était recouverte d'une sorte de dôme en verre renfermant une nature verdoyante et luxuriante parcourue par des milliers de bulles, c'était comme si elle était sous une cloche de verre ! A y regarder de plus près il semblait que ces bulles ressemblaient à la forme d'un œuf dont l'opacité laissait à peine distinguer quelques formes à l'intérieur. Ils se retrouvèrent désormais encerclés par des tas de bulles dans lesquelles ils purent distinguer des silhouettes, des silhouettes d'enfants. Lynette et Adam essayaient de se dégager un chemin tant bien que mal au milieu de toutes ces bulles qui s'étendaient à perte de vue. Adam tenta d'entrer en communication avec l'une des silhouettes présente dans l'une des bulles mais en vain. Au loin ils entendirent une berceuse, de celles qu'on chante aux petits enfants avant de dormir, cela semblait avoir pour effet d'endormir toutes ces silhouettes prisonnières de leur bulle. Adam se demandait pourquoi un tel monde existait ? Si leur amie Fifi était bien là ? Et surtout comment la retrouver au milieu de ces milliers, voire millions de bulles silencieuses ?!
Adam et Lynette décidèrent de trouver un endroit tranquille dans cette étrange planète de bulles. Ils finirent par s'endormir et rêver tous deux de Fifi, qui, depuis sa bulle les appelait puis ils furent

Fati Elfa

réveillés par le doux bruissement d'un frou-frou et la voix cristalline de l'ange Leuviah.

— Alors vous avez fini par venir jusqu'ici à ce que je vois ! dit-il tout en caressant la joue d'Adam.

— Je vous avais dit de laisser les choses se faire, il y a des choses dont vous n'avez pas connaissance et c'est mieux ainsi ! Il y a un ordre, un puzzle où chaque chose, chaque évènement, chaque être est exactement à la bonne place, au bon moment selon le plan définit par son âme ! Tout est parfait ! Et en venant ici vous perturbez l'ordre des choses ! Et ce n'est bon pour personne ! dit Leuviah d'une voix solennelle.

— Mais le monstre a enlevé Fifi sous nos yeux ! Tu étais là ! Et tu n'as rien fait tu es censé être son ange ! s'écria Adam avec rage.

— Justement ! Je suis son ange ! répliqua Leuviah.

Le petit ange virevolta pour s'approcher un peu plus d'Adam.

— Que crois-tu ?! Celui que vous prénommez le monstre ou même l'ombre…Eh bien sachez qu'il s'appelle Amnèse, il est là pour le bon fonctionnement de leur monde, de

Je te vois d'ici...

leur survie ! De la vie ! Heureusement qu'il est là ! Laissez-le faire ce qu'il a à faire !

Lynette et Adam regardait Leuviah avec stupéfaction, il semblait en effet qu'ils n'étaient pas au courant de tout ! Lynette s'appuya péniblement sur ses pattes afin de se relever et s'approcha lentement de l'ange.

Maintenant dis-nous tout, transmis Lynette par la pensée à l'ange.

Un cercle de lumière apparut devant eux et en un quart de secondes Leuviah leur transmit par la pensée toutes ces choses dont ils n'avaient eu connaissance jusqu'alors. Ils voyaient toutes les images diffusées devant eux et ils comprirent pourquoi « le Monstre » ne prenait que certains enfants ; il ne prenait en effet que ceux qui subissaient des blessures qu'ils niaient à tout prix. Leurs douleurs étaient si fortes que certains choisissaient le déni comme refuge mais comme prison aussi et ceux qui parviendraient à en sortir ne seraient que les enfants qui auront fait le choix de la résilience pour reprendre un bon développement malgré tout mais cela ne serait possible que s'ils choisissaient de suivre la lumière de la Gardienne. Ils ressentirent aussi dans leur cœur, en simultané, ce que ces enfants avaient ressenti lors de ces blessures, cela faisait parfois si mal que la douleur en devenait insoutenable et pouvait leur faire perdre la tête ! C'était contre cela qu'il fallait lutter, c'était afin d'éviter cela que l'ombre ou le monstre existait. Le monstre était là lui aussi pour sauver les âmes des enfants ! Il était

Fati Elfa

finalement salvateur car il leur laissait le choix, le choix de vivre ainsi prisonnier par un geôlier nommé déni ou de suivre la résilience pour être à nouveau libre. Malheureusement, plus les enfants retardaient leurs choix et plus la résilience devenait impossible ! Ainsi des enfants pouvaient passer toute leur vie dans leur bulle, en les mettant dans ces bulles il leur avait épargné la folie et même la mort. Amnèse n'était donc ni une ombre mauvaise, ni un monstre !

— Il les emporte dans cet autre monde, autrement ils deviendraient fous ou mourraient à moitié ou même entièrement, ajouta Leuviah.

— Mais c'est quoi la résilience ? demanda Adam

— C'est le pardon, il n'y a qu'avec ça qu'ils pourront reprendre un bon développement après leurs traumatismes, répondit l'ange.

Adam et Lynette ne purent retenir leurs larmes, mûs par un mélange d'émotions, ils étaient si tristes pour ces enfants et en même temps soulagés. Ils ne pouvaient désormais ignorer la beauté du geste de celui qu'ils appelaient le monstre. Ils pouvaient voir les évènements comme une scène de théâtre tantôt furtive tantôt au ralenti, ils pouvaient en ressentir chaque détail de souffrance, de chagrin et de douleur au plus profond de leur cœur et de leur âme. Ils étaient à cet instant spectateur et acteur à ceci

Je te vois d'ici...

près que l'émotion était réellement ressentie loin d'être feinte. Des scènes se figeaient comme des photos de moments tirées d'un instant de vie, des moments heureux, des moments malheureux puis ces moments-là, ceux où l'on ne peut plus, c'est là qu'intervenait Amnèse. Soudain dans la lumière qui projetait ces images ils virent Fifi, debout au milieu d'une vieille dépendance froide et insalubre avec en fond sonore le croassement d'un corbeau noir, elle était allongée près de sa mère qu'elle avait recouvert d'une épaisse couverture. La pauvre enfant avait essayé de soulever sa mère mais en vain, elle était beaucoup trop lourde pour elle puis elle finit par se dire que sa mère avait besoin de repos, voilà maintenant presqu'une semaine qu'elle se reposait, ici, sans bouger, entourée de toutes ces pilules rondes et colorés qui tapissaient le sol glacial de la remise où elle l'avait trouvé.

— Voilà pourquoi la cérémonie de la Gardienne de lumière n'a pu aller jusqu'à son terme et que Fifi a été emporté comme tous les enfants qui ferment les yeux... tant le traumatisme est puissant, leur âme s'engourdit, ils sont dans le déni voire l'amnésie totale pour survivre sans vivre ! dit Lynette.

— Et puis toi tu sais comme nous autres, êtres de lumière, que la mort n'est pas la pire chose qui puisse arriver...le pire c'est ce qui meurt à l'intérieur quand le corps vit toujours, répondit Leuviah.

Fati Elfa

— Moi aussi j'ai peur d'être un jour emporté par le monstre ! J'ai peur de devenir un jour moi aussi un monstre à cause d'eux ! s'écria Adam.

— Si tu n'abandonnes jamais l'amour, la compassion envers toi-même et que tu pardonnes alors le monstre n'aura jamais aucune chance de t'attraper et de t'enfermer dans l'une de ces bulles sois en sûr ! lui répondit Leuviah.

— Fifi, elle, est toujours dans le déni, elle refuse de laisser partir sa mère et refuse de pardonner. Il aurait suffi qu'une once de ce souvenir douloureux remonte à la surface pour que la Gardienne de Lumière en devenir vacille emportant avec elle tous les autres mondes ! Cela aurait été alors une véritable catastrophe pour tous les réfugiés ! Il était urgent qu'Amnèse intervienne car sans cela la pauvre enfant aurait été détruite par la culpabilité qui s'en serait suivie ! Je n'ai pu m'en apercevoir que lorsque la lumière a été occulté au moment de la passation de pouvoir.

— Mais comment vont-ils sortir de leur bulle ?

— Je te l'ai dit c'est une question de choix, de décision !

Dans ces bulles, la conscience des enfants s'efforçait de rester intacte. Que valait la vérité auprès de la survie à ces moments-là ?

Je te vois d'ici...

Un choix terrible entre devenir fou ou mort vivant. La vérité est une chose bizarre, on a beau essayer de l'étouffer, elle finira toujours par vous donner une bonne paire de claque ! Au moment même où ils sont dans ces bulles, ils érigent un mensonge pour assurer leur propre survie mentale, ils tentent effrontément d'oublier, jusqu'à ce qu'ils n'en puissent plus.

Dans sa bulle, Fifi essayait toujours d'entrer en contact avec les enfants mais malheureusement leurs bulles ne se rapprochaient pas assez longtemps pour que la jeune fille puisse communiquer avec eux. Elle était sur le point d'abandonner lorsqu'elle vit une silhouette bouger dans l'une des bulles. Des cris étouffés semblaient provenir de cette bulle et maintenant elle se dirigeait tout droit vers elle ! La bulle qui emprisonnait Fifi continuait son parcours nonchalamment, avec légèreté, telle une bulle de savon soufflée par un enfant un gai jour de foire. Fifi se releva dans l'espoir d'entrer en contact avec l'enfant qui remuait à l'intérieur, peut être serait-ce la bonne cette fois se dit-elle ! Plus elle se rapprochait de cette bulle, pas comme les autres, plus le cœur de Fifi battait la chamade ! Peut-être pourrait-elle communiquer avec cet être ? Ne fusse que pour quelques secondes. Il était difficile de pouvoir communiquer car les bulles étaient en perpétuel mouvement, dispersées par une brise qui soufflait constamment dans cette étrange planète au dôme de verre ! Ce n'est que lorsque sa bulle monta haut dans les airs que la jeune fille put remarquer qu'il y avait un dôme de verre juste au-dessus des plantes grimpantes qui recouvraient le ciel. Fifi colla aussi son nez contre la paroi de sa bulle tandis que les deux bulles se rapprochaient pour finir par se coller l'une à l'autre ! Il n'y eut

Fati Elfa

soudain plus aucun bruit, l'enfant ne bougeait plus mais Fifi pouvait désormais en distinguer clairement la silhouette.

— Approche-toi plus près ! ordonna une voix fébrile.

La sombre silhouette se mit à nouveau à bouger.

— Qui es-tu ? Et pourquoi sommes-nous là ?!

C'était bel et bien une voix de fille qui sembla étrangement familière à Fifi.

— Je m'appelle Fifi.

Quelques secondes de silence s'ensuivirent, derrière la bulle l'enfant s'était à nouveau immobilisé.

— Attends… tu s'rais pas Sophie Brau ?! Fifi ? C'est toi ?!

Les deux jeunes filles collèrent à nouveau leurs nez contre la paroi de leurs bulles respectives dans l'espoir de mieux apercevoir qui était dans l'autre bulle.

— C'est moi c'est Gabriela !

Je te vois d'ici...

Fifi essayait de se rappeler puis le choc ! Non cela ne pouvait pas être possible pas Gabriela ! Pas cette Gabriela-là !

— De l'école St Joseph ? osa -t-elle demander, en re doutant la réponse.

— Oui ! Oui c'est ça ! dit Gabriela, soulagée d'être reconnue.

— S'il te plaît Sophie ! Sors-moi de là ! s'écria Gabriela en une supplication des plus poignantes.

Aucun son ne sortit de la bouche de Fifi car pour elle c'était le cauchemar qui recommençait. Gabriela pouvait à peine la distinguer mais elle vit à travers la paroi que Fifi se détournait de la paroi. La jeune fille était sous le choc de découvrir que sa pire ennemie était là et qu'en plus c'était la seule personne à qui elle pouvait parler !

Gabriela s'écria avec désespoir :

— Je sais, je sais que je n'ai pas toujours été sympa avec toi et j't d'mande pardon pour ça...mais je n'en peux plus d'être enfermée là-dedans ! Je veux sortir de là...s'il te plaît, aide-moi !

En écoutant cette supplication, remplie d'égoïsme, Fifi entra dans une rage folle.

Fati Elfa

— Encore une fois tu ne penses qu'à toi ! Tu n'as pas été très sympas tu dis ?! C'est tout ce que t'as à dire ! Tu veux dire que tu as été dégueulasse avec moi depuis que j'ai mis les pieds dans cette école ! Toi et ta sale bande de peste m'avez traité comme une merde ! Mais tu veux que j'te dise la pire, oui la pire c'était bien toi ! Gabriela ! Et je te déteste ! Compte pas sur moi !

— S'il te plaît Fifi, j'te d'mande encore pardon mais on peut pas rester là d'dans, va falloir qu'on s'entraide pour se sortir de ces machins !

Fifi se détourna à nouveau de Gabriela, croisa les bras et se laissa tomber en tailleur.

— Jamais de la vie, jamais j't'aiderai ! Je préfère encore pourrir ici ! Et ne m' parle plus !

Gabriela n'insista plus, elle comprit qu'il ne servait à rien d'insiste. Elle se recroquevilla à son tour dans un coin de sa bulle tel un fœtus dans son placenta. Les deux jeunes filles s'endormaient puis se réveillaient pour finir par se rendormir à nouveau, engourdies et étourdies par plusieurs pertes de connaissances, désorientées par le temps et l'espace, prisonnières d'une boucle d'un éternel recommencement... Elles étaient dans un état léthargique et ne savaient pas exactement combien de temps elles avaient passé là

Je te vois d'ici...

entre veille et sommeil. Les deux bulles étaient restées miraculeusement collées l'une à l'autre et poursuivaient leur chemin comme deux naufragées à bout de force mais plus le temps passait plus leurs forces s'amenuisaient, Fifi lécha les gouttes de transpiration qui arrivaient à sa bouche, le goût du sel la fit délirer, elle se crut à la plage avec ses parents. Elle revoyait le regard tendre de ses parents sur elle alors qu'elle leur montrait son château de sable puis la culpabilité... Seule, la culpabilité pouvait emprisonner à jamais. Fifi perdit à nouveau conscience tandis que Gabriela rassemblait encore ses dernières forces pour ramener Fifi à la raison.

— Fifi ! Fifi ! S'te plaît... te rendors pas ! cria-t-elle avec le peu d'énergie qui lui restait.

Gabriela, tenta, dans un dernier espoir de réveiller Fifi, en tambourinant contre la paroi de sa bulle mais ses forces s'amenuisaient de plus en plus. Groggy, elle finit par tourner de l'œil et s'effondrer elle aussi.

Fati Elfa

CHAPITRE XI

Les autres

Harun

Fifi se retrouva dans un monde de chaos, un monde où régnait un bruit fracassant, une odeur âcre et de brûlé. Elle se tenait debout sur une colline qui surplombait une ville blanche en proie à des flammes. Une fumée opaque recouvrait une partie des bâtiments qu'elle pouvait à peine distinguer. Une détonation retentit, un des bâtiments s'effondra, laissant derrière lui un spectacle de désolation. Fifi se retrouva instantanément dans un des bâtiments qui tenait toujours debout, elle se tenait là dans un des appartements du bâtiment lorsqu'elle un bruit assourdissant s'abattit sur l'appartement qui souffla toutes les fenêtres du lieu, des éclats de verres fusèrent de tous les côtés. Les rayons du soleil illuminèrent ces éclats de verres, c'était comme s'il y avait des millions de fragments qui tournoyaient autour d'elle au ralenti. Le temps semblait s'être arrêter, tout se déroulait dans un ralenti comme si au milieu du chaos il pouvait y avoir de la beauté et de la sérénité. Un sifflement dans les oreilles la saisit tant et bien qu'elle dût appuyer fortement sur celles-ci pour tenter d'en réduire la douleur lancinante que cela lui procurait. Il s'ensuivit ensuite un silence tout aussi assourdissant, Fifi se trouvait à l'entrée d'un

Je te vois d'ici...

appartement, il y avait là un petit couloir qu'elle longea lentement, il n'y avait plus aucun bruit mis à part celui des craquellements du verres sous ses pieds. Elle passa devant de grandes et belles plantes vertes que la poussière des débris n'avait épargnées. Des photos de familles étaient accrochées sur les murs, elle pouvait y voir des parents enlaçant leurs deux enfants devant un énorme gâteau d'anniversaire. Il y avait une autre photo qui attira son attention, c'était celle d'une femme qui tenait dans ses bras un nouveau-né, elle semblait si heureuse. Elle arriva bientôt au bout du couloir où elle entendit des voix d'adultes mêlées à ceux d'enfants. Le couloir donnait sur une grande pièce qui semblait être le salon, un salon où les tables et les chaises étaient toutes retournées servant de boucliers de fortune. Les chuchotements provenaient d'un coin du salon où une tente était montée, Fifi pouvait y distinguer quatre ombres dont un bras en l'air et qui faisait des mouvements. Fifi s'approcha d'un peu plus près, avec des gestes lents et prudent pour qu'ils ne l'entendent pas. Les personnes à l'intérieur parlaient une langue étrangère mais qu'elle comprenait étonnamment. Il y avait là deux adultes et deux enfants, elle entendit l'un des enfants, qui semblait avoir à peine sept ans, reproduire avec sa bouche les bruits du moteur d'un avion qu'il faisait voler au-dessus de sa tête.

— Dis-moi Harun, tu peux encore dire à papa ce que tu voudrais faire plus tard ? dit une voix d'homme tandis qu'on entendait au loin des bruits de tirs.

— Tu le sais papa je te l'ai déjà dit plusieurs fois !

Fati Elfa

— Redis-le-moi encore mon fils, ton vieux père n'a pas de mémoire tu le sais.

— Je veux devenir pilote d'avion papa ! dit l'enfant presque agacé avant de remettre son casque sur les oreilles.

Harun ! C'était le petit Harun qu'elle avait visité sur sa planète avec Lynette !

Il jouait avec ce même avion au milieu des poussières de diamants ! Mais ici, les diamants étaient des éclats de verres au milieu d'un pays en guerre !

— Heureusement qu'on avait ces casques de chantiers, dit une voix de femme.

Elle tenait dans ses bras un autre enfant aux boucles châtains qui semblait âgé de tout au plus deux ans. Elle se mit à lui chanter une berceuse d'une voix douce et apaisante.

— Chérie, il ne t'entend pas il a son casque, se moqua gentiment le père.

— Je sais répondit-elle avec une voix presque imperceptible.

— Alors pourquoi chantes-tu cette berceuse chérie ?

Je te vois d'ici...

— Pour nous…je la chante pour nous…

— Tu veux nous endormir ? Je ne crois pas que ce soit possible avec ce vacarme mon amour, lança ironiquement le père en lui donnant un baiser sur le front.

— Si vois-tu mon amour… avec cette guerre nous allons tous bientôt dormir…, dit-elle dans un sanglot étouffé.

— Ne dis pas ça mon amour, on va tous s'en sortir, toi, les enfants et moi !

Fifi entendit les sanglots de la mère et l'instant d'après elle souleva la toile d'entrée de la tente pour en sortir. Elle s'approcha du reste du balcon éventré alors qu'elle sanglotait, l'homme la rejoignit. Ils venaient de passer là juste devant elle sans la voir !

— Chérie, ne pleure pas, tout ça sera bientôt fini dit l'homme en la serrant dans ses bras.

— Je t'aime mon amour, on n'a pas eu de chance… nos enfants…dit la femme entre deux sanglots.

— Si on en a eu de la chance mon amour, on s'est rencontré ! Je t'ai rencontré et vous êtes toi et les enfants la plus belle chose…tu entends, la plus belle chose qui me soit arrivé !

Fati Elfa

Il prit la tête de la femme entre ses mains et l'embrassa tendrement tandis que la jeune femme s'accrochait à lui de toutes ses forces.

— Qul ahudu bi Rabi nas, maliki nas, Illahi an nas, min shari al waswasil an khanas, al ladi yuwaswisu fi suduri an nasi, minal jinati wa nasi,[1] récitèrent-ils ensemble tandis que leurs larmes s'entremêlaient.

Puis soudain une déflagration fit exploser le restant de balcon sur lequel s'enlaçaient les deux parents, ils venaient de disparaître dans un nuage de fumée. La fumée opaque envahit rapidement l'appartement puis Fifi entendit les enfants tousser très fort. Le plus petit avait été éjecté hors de la tente et hurlait de terreur.

— Maman ! Papa ! cria Harun entre deux quintes de toux.

Les enfants étaient recouverts de cendres grises, des pages de livres brûlés virevoltaient en l'air avant de tomber telles des plumes légères au sol. Harun, complètement étourdi par la violence du choc se dirigea vers son petit frère dont la couche pendait, il le saisit tant bien que mal pour le mettre à l'abri, tant est soit-il qu'un immeuble pris pour cible puisse contenir un quelconque abri. Il utilisa la grande table en bois du salon comme ultime et dérisoire rempart. D'autres bruit de déflagration se firent entendre, le petit

---

[1] Sourate An Nas, Sourate 114 du Coran, invoquant la protection de Dieu, contre ceux qui soufflent le mal dans les poitrines des hommes.

Je te vois d'ici...

frère de Harun n'avait cesser d'hurler, il avait une tétine accrochée autour du cou qu'il essayait de remettre à la bouche mais Harun l'en empêcha tant elle était recouverte de cendre. Voilà la seule chose à laquelle il pensait dans ce chaos, à cette tétine sale Le petit enfant avait perdu son casque anti-bruit, il était terrifié par les bruits de détonations qu'il entendait dehors. Harun recherchait le casque fébrilement au milieu des débris mais en vain, il n'eut d'autre choix que de lui donner le sien.

Le casque aux oreilles, le petit enfant se calma et se blottit contre son petit frère en suçant sa tétine qu'il avait fini par mettre à la bouche.

— Mama dit-il entre deux tétées avant de s'endormir d'épuisement.

Harun pleurait en silence pour ne pas réveiller son petit frère, il resta ainsi, un moment, sous le choc, errant au milieu des ruines, dans un désarroi total. Ils restèrent ainsi, seuls, blottis l'un contre l'autre dans un silence terrifiant, un de ces silences qui ne peut précéder qu'un implacable destin. C'est à ce moment précis, dans ce désespoir anesthésiant qu'elle vit le petit Harun fermer les yeux et partir dans son monde pour survivre à ce monde qui leur volait leur enfance et qui tuait l'enfant qu'ils auraient pu être.

« **C'est pour ça que... Harun...**» pensa Fifi le cœur meurtri.

Fati Elfa

Soudain, un ouragan de lumière se forma au-dessus de sa tête, un large diamètre se forma au milieu de ce phénomène qui aspira Fifi. La jeune fille tournoya dans un vortex formé de nuages enroulés en spirale tous aussi brillants et colorés les uns que les autres.

Je te vois d'ici...

Sarah

Fifi se retrouva désormais devant une étrange bâtisse de briques rouges entourée de miradors et de fils barbelés. L'instant d'après elle se retrouva au milieu de baraquement en bois, Fifi marchait au milieu de ces allées entrecoupées de croisements menant à d'autres baraquements en briques.

Elle se retrouva devant une rampe, le sol se mit à vibrer à l'approche d'un train tirant des dizaines de wagons. Un sifflet retentit, des hommes armés vinrent tirer sur les loquets des larges et lourdes portières en bois des wagons. Après le fracas des portières roulantes, les hommes armés hurlèrent d'une voix hachée et bientôt des dizaines de personnes, l'air hagard, descendirent des wagons. Une odeur pestilentielle se dégagea de certains wagons, certaines personnes poussées mordirent violemment la poussière, Fifi se rendit compte que tous les passagers n'étaient que des femmes et des enfants. Les gens se bousculaient, certains s'écroulaient au sol d'autres semblaient reprendre leur souffle, certaines personnes tenaient dans leurs bras des petits corps inanimés. Ils semblaient tous la traverser sans la voir, elle semblait aussi invisible ici que dans les autres endroits où elle s'était trouvée auparavant. Fifi resta plantée devant l'un de ces wagon, elle resta là à attendre que la portière s'ouvre, ses jambes, elles ne voulaient plus bouger. Deux têtes brunes se cachaient au fond du wagon, épiant de temps en temps l'extérieur mais au bout

Fati Elfa

de quelques secondes d'autres gardes montèrent dans les wagons fusils à la main. Des cris et des pleurs résonnèrent au fond du wagon, le gardien tenait par les cheveux une jeune femme tandis qu'une petite fille s'agrippait à celle-ci de toutes ses forces et sans aucun ménagement celles-ci furent jetées hors du wagon comme de vulgaires déchets.

— Maman ! Maman ! cria la petite fille terrorisée.

Fifi voulut les aider mais comme pour Harun, elle restait figée, paralysée, elle ne pouvait être que spectatrice, tel un fantôme impuissant. La petite fille essaya de relever sa mère tandis que les injonctions du cruel automate sentaient la mort mais celle-ci ne bougea pas, elle tenait son ventre, recroquevillée sur elle-même. La femme était vraisemblablement enceinte et saignait abondamment. La femme qui était toujours au sol serra contre elle sa petite fille terrifiée tandis que de l'autre main elle tenait son ventre.

— Hou hou hou…Nani…Naani…Naaaani querehelijo…helijo de la madre…

Sa petite fille se blottit plus fort contre elle, la jeune maman déposa son front contre celui de sa fille pendant que de grosses larmes perlaient le long de ses joues. La mère commença à fredonner une berceuse entre deux sursauts de douleurs, il n'y avait plus que leur amour qui comptait. Le garde, décontenancé par cet amour donné

Je te vois d'ici...

dans la douleur attendit les ordres que lui donna son supérieur d'un simple regard. L'humanité qui était apparue quelques secondes auparavant laissa à nouveau place à la cruauté lorsque celui-ci commença à leur infliger d'odieux coups de pieds.

— On n'a pas eu de chance mes bébés...Sarah..., gémit la mère avant de perdre connaissance.

Le cœur de Fifi se brisa à nouveau, c'était Sarah qu'elle avait vu sur sa planète elle se demanda comment un être humain pouvait faire ça à un autre être humain. La petite fille du wagon se sentit soulevée, portée tel un sac à patate sur les épaules de l'automate. Elle se débattit en tambourinant de ses mains frêles sur le torse de celui-ci mais à ce moment-là, l'enfant n'avait plus aucune force.

— Maman, relève-toi s'il te plaît ! hurlait-elle tandis que chaque pas l'éloignait du corps inanimé de sa mère qui gisait au sol.

Les images de la scène se disloquèrent devant elle, elle se retrouva devant un panneau indiquant **B1** puis elle se retrouva à nouveau devant la petite fille aux longues tresses blondes. L'enfant avait maigri et portait une robe blanche déchirée et sales, elle tirait péniblement avec d'autres femmes sur une corde au bout de laquelle était accroché plusieurs wagonnets chargés de pierres blanchâtres. « **Bk.1944** », eût-elle à peine le temps de lire avant de s'apercevoir qu'ici il n'y avait que des femmes, certaines portaient des chemisiers à rayures bleues tandis que d'autres portaient de

Fati Elfa

vieux vêtements gris, seule la couleur jaune d'une étoile mal cousue mettait un peu de lumière sur leurs torses squelettiques. Fifi comprit qu'il y avait des décennies que cela s'était passé mais alors pourquoi cette petite fille était-elle encore là ? Et pourquoi avait-elle encore besoin de venir sur sa planète ? Pendant que les wagonnets étaient déchargés par les adultes, la petite fille s'isolait dans un coin du camp et c'est là qu'elle vit un papillon se poser sur son petit index à elle aussi ! C'était comme cela que Fifi avait vu Sarah sur sa planète et comme elle, elle aimait aussi jouer avec les papillons, êtres de renaissance et d'espoir d'envol. Soudain une lumière jaune transperça le crâne de la petite Sarah qui fut instantanément démultipliée en trois copies mais plus exactement en trois autres petites filles qui se retrouvèrent les unes derrière les autres, il s'agissait en réalité de trois générations différentes ! Chaque petite fille prit la main de celle qui la précédait en l'appelant **ima**[2], les rires des trois petites filles résonnèrent en elle, des rires d'enfants joyeux et innocents. Elle voulut s'approcher des petites filles mais elle fût instantanément projetée hors de cette scène à la vitesse de la lumière, c'était comme si sa vision et sa conscience précédaient son corps et qu'elle n'eût d'autres choix que de les suivre. Elle se retrouva ainsi dans les planètes respectives de ces trois petites filles, elle voyait ces trois planètes différentes et ce, en même temps. Les époques étaient différentes mais les émotions, les joies, les ressentiments et la colère étaient les mêmes. Une voix, un murmure résonna en elle « **Le temps n'est pas linéaire, le temps n'est pas linéaire...** » Elle se retrouva à nouveau projetée dans un autre décor, elle était dans

---

[2] Ima signifie maman en hébreux et en Arabe.

Je te vois d'ici...

une chambre à coucher, sa vision était floue et les paroles qu'elle entendait étaient à peine audibles. Une femme et une enfant étaient assises sur le lit, la femme enlaçait tendrement la petite fille tout en lui montrant une vieille photo jaunit par le temps.

— Tiens regarde, elle, c'est mon arrière-grand-mère, elle s'appelait Sarah, c'est une rescapée de la Shoah[3].

— C'est quoi la choua maman ?

Le cœur de la maman se resserra tandis qu'elle tentait d'expliquer l'inexplicable. A cet instant précis, Fifi vit une couleur rouge pénétrer le cœur de l'enfant, la mère portait la même couleur rouge, la même énergie de peur et de colère. La petite fille venait d'hériter d'une souffrance dont avait aussi hérité sa mère et sa grand-mère. La voix résonna encore plus fort en Fifi **La colère aussi n'est pas linéaire, c'est une boucle !** Ainsi la peur avait mené à la colère, la colère avait mené à la haine, la haine à la souffrance et la souffrance à la culpabilité. Une souffrance que l'on se refourguait telle un charbon ardent qui marquait la peau, même celle de ceux qui n'étaient même pas encore nés. Un sacrifice qui attend toujours une explication à cette souffrance injustifiée. Fifi eut la certitude au fond d'elle que ni le temps ni les émotions ni l'Histoire n'étaient linéaires mais bel et bien, un cercle, une boucle, une histoire sans fin. Ce traumatisme, cette haine, cette colère et

---

[3] Shoah est un mot hébreux signifiant « catastrophe », désigne la persécution et l'extermination d'environ 6 millions de juifs par le régime Nazi.

Fati Elfa

surtout cette culpabilité irrationnelle se repassait ainsi de génération en génération. La loyauté se compromettait avec l'interdiction au bonheur, comme une promesse faite aux sacrifiés. La résilience est un talent que l'on peut apprendre, un faufilement entre les turpitudes de la vie, il fallait le leur souffler, leur faire comprendre, que les choses soient bonnes ou mauvaises, elles se répétaient tant qu'on leur donnait toute notre attention. Fifi comprit alors que seul le pardon pouvait éteindre ce feu ardent qui consumait plusieurs générations, cette colère qui les empêchait de choisir, de choisir entre une vie entière ou une moitié de vie, un choix, un battement d'aile qui pouvait créer un typhon.

Abdi

Une douleur lancinante la saisit à la tête. Elle fut brusquement à nouveau arrachée à ce décor, c'était comme si Fifi n'avait plus de corps physique comme si elle n'était plus qu'une boule de lumière et d'énergie traversant le temps et l'espace instantanément. Elle se retrouva aspirée dans un autre décor, un décor aride à la terre rouge où régnait une chaleur suffocante. Elle distingua à quelques mètres d'elle un magnifique arbre, c'était un baobab, un majestueux baobab au tronc énorme et aux cavités rugueuses, non loin de celui-ci se trouvait quelques cases rondes arborant un toit de paille jaune. Fifi se retrouva au milieu du

Je te vois d'ici...

village, un village silencieux, un village muet. Le village était désertique, au détour d'une case, elle vit un chat squelettique roulé en boule dans un coin d'ombre. Elle se retrouva à passer la porte de chaque case pour y découvrir des gens allongés sur leurs paillasses, ils semblaient tous si fatigués et étaient aussi squelettiques que le chat qu'elle venait de voir. Elle se retrouva dans une case où une femme écrasait quelques feuilles et baies dans un mortier puis l'instant d'après elle se retrouva à quelques centimètres de la femme. Elle portait une tunique à motifs jaunes et marrons, elle avait aussi enroulé un foulard orange autour de la tête, qu'elle replaçait nerveusement tandis qu'elle fredonnait avec mélancolie un chant ancestral. Une grosse larme roula sur ses joues, son regard divaguait entre le mortier sur lequel elle semblait s'acharner et le recoin de la case. Fifi se retrouva à côté d'un petit corps chétif à peine visible, couché sur la petite paillasse de feuille. Il y avait là, un petit garçon, recroquevillé sur lui-même comme le chat roulé en boule de tout à l'heure. Elle était si proche de l'enfant qu'elle pouvait sentir son petit souffle haletant tandis que son ventre se gonflait et se dégonflait rapidement. La femme s'accroupit auprès de l'enfant, elle tenta de lui donner à manger mais il refusa toute nourriture, le pauvre enfant semblait avoir perdu toute énergie. Elle déposa le mortier près d'elle et tenta d'asseoir le petit garçon dont le corps amaigri ne réagissait plus, elle tenta tant bien que mal de le serrer contre sa poitrine mais le petit corps ne réagissait toujours pas.

— Abdi ! Abdi ! hurlait-elle en le secouant.

Fati Elfa

Fifi n'avait pas besoin de bouger qu'elle se retrouvait instantanément dans de nouveaux lieux, de nouveaux décors, elle était comme une apparition à chaque fois sans pouvoir n'avoir aucun contrôle. Elle se retrouva désormais devant une hutte bâtie de terre et de paille, c'était le grenier à céréale du village mais il était complètement vide. Elle vit ensuite le petit garçon marcher, seul, mais il n'était pas comme elle venait de le voir, il était un peu plus joufflu, avait un peu plus de couleur et était plus en forme contrairement à l'état dans lequel elle venait de le voir. Il se dirigeait vers un lac à moitié asséché, un jerrican à la main et pieds nus, il avait marché ainsi plusieurs kilomètres. Il s'allongea un instant au pied d'un saule pleureur, une légère brise se leva faisant danser les rameaux de l'arbre qui retombaient lourdement au sol en balayaient légèrement le tapis de terre rouge. C'étaient à ces moments-là qu'il partait sur sa planète, là-bas où il avait créé l'abondance et toutes ces délicieuses odeurs de nourritures parce qu'ici il n'y en avait plus ! Abdi restait là à regarder le ciel, les yeux grands ouverts il était là-bas, il s'était évadé de sa vie d'ici et elle savait où il était. Fifi s'approcha du lac et sur le reflet de l'eau elle vit Abdi et sa mère avec d'autres enfants heureux près d'une maison en pierre puis des tirs, le village était attaqué. Ils avaient entendu quelques jours auparavant qu'un conflit avait éclaté entre deux ethnies de leurs pays et ils ne faisaient malheureusement pas parti de l'ethnie majoritaire. Leur village avait été attaqué par des soldats armés de mitrailleuses, les gens du village pris de panique avaient hurlé de terreur avant de se disperser dans la brousse, les corps déchiquetés par des tirs de balles jonchaient le sol du village. Dans la cohue et la panique générale, la mère d'Abdi ne put aller

Je te vois d'ici…

chercher ses deux autres garçons, un peu plus âgés qu'Abdi, qui étaient à ce moment-là aux champs avec leur père. C'est ainsi qu'Abdi et sa mère quittèrent leur village à travers champs pour aller se réfugier à quelques kilomètres de là auprès d'hommes portant des casques bleus.

De ce bleu intense jailli une autre scène, elle se retrouva en mer sur un bateau de fortune bondé de femmes et d'enfants, il y avait là les deux autres garçons, les frères d'Abdi. Allongés sur le dos et à bout de force ils regardaient le magnifique ciel bleu tandis que leur embarcadère de fortune tanguait dangereusement. Soudain depuis ce ciel même apparut une nuée sombre, quelque chose qui semblait se diriger tout droit vers elle ! Elle n'était plus sur le bateau de fortune, elle était revenue auprès d'Abdi, qui était toujours là, allongé, parti dans son monde. La nuée se rapprochait de plus en plus lorsque Fifi distingua qu'il s'agissait en réalité de petits bouts de papiers tombant du ciel, des flyers balancés depuis un avion. Un des flyers vint se poser sur le visage d'Abdi qui entrouvrit à peine les yeux pour y jeter un coup d'œil furtif avant de le jeter par-dessus son épaule. Le petit garçon ne savait pas lire, alors Fifi saisit l'un des flyers aux pieds de l'enfant **Dès que la situation géopolitique s'améliorera nous vous livrerons des vivres par parachutage.** Cela avait été écrit en plusieurs langues dont le dialecte de la région.

— Abdi ! Abdi ! hurlait la mère en serrant contre elle le corps chétif de son enfant inanimé.

Fati Elfa

Elle était à nouveau dans la petite case puis un bruit de moteur d'avion qui semblait voler bas fit trembler les huttes du village. A l'extérieur, des cris de joie se joignirent aux cris de tristesse de la mère. Abdi venait de mourir, de mourir de faim, il mourrait en même temps que la nourriture tombait du ciel, tandis que la mère inconsolable chantait des chants ancestraux brisants tous les cœurs de ceux qui avaient survécu. Pour Abdi aussi, c'était à ce moment-là qu'elle et Lynette l'avaient vu sur sa planète, son petit corps avait été enveloppé d'une éblouissante lumière violette. L'instant d'après, la jeune fille se retrouva auprès d'Abdi, qui était allongé les bras croisés sur son torse comme elle l'avait vu en lévitation sur sa planète. Fifi comprit qu'elle les voyait tous depuis leurs planètes, elle voyait tout ce qu'ils pouvaient endurer dans ce monde. Elle pleurait mais elle savait que les souffrances du petit Abdi avaient pris fin comme le lui avait dit Lynette, il était mort un sourire de béatitude aux lèvres parce qu'il était heureux sur sa planète.

Esteban

Une puissante boule de lumière frappa Fifi en pleine poitrine pour la projeter dans un autre monde, un autre temps encore, un monde en noir et blanc. Elle se retrouva assise sur la banquette arrière d'une Citroën DS, à l'avant, une radio qui grésillait diffusait une chanson mélancolique d'une chanteuse qui roulait les R. Un homme dans un costume gris et

Je te vois d'ici...

portant un élégant trilby[4] beige conduisait la voiture, tenant de sa main gauche le volant et de l'autre la main d'une femme à ses côtés qui était tout aussi élégante avec sa belle robe blanche à petits pois noirs. Ce couple semblait si heureux et si amoureux, l'homme ne cessait de lui baiser la main tout en conduisant puis Fifi vit une petite main, derrière le siège, se saisir du chapeau de l'homme. Un petit garçon était assis à l'arrière du véhicule.

— Il est à moi maintenant ce chapeau ! s'écria l'enfant en riant malicieusement.

Il enfonça le chapeau sur sa petite tête qui lui recouvrit la moitié du visage tant il était grand pour lui

— Rends-moi mon chapeau ! dit l'homme en imitant la voix d'un ogre.

— Tiens ! Le voilà papa ! dit l'enfant en le lui tendant pour aussitôt le retirer malicieusement.

— Ça suffit Titi, ton père conduit ! gronda gentiment la femme.

---

[4] Le trilby désigne un chapeau à bords courts dont l'avant est courbé vers le bas et la partie arrière relevée. Le Trilby tient son nom du roman Trilby de Georges du Maurier publié en 1894.

Fati Elfa

L'homme conduisait d'une main tandis que de l'autre il essayait d'attraper le chapeau derrière lui. Tous les deux riaient à gorge déployée, l'homme semblait autant s'amuser que l'enfant puis le chapeau finit par tomber sur le tapis de la voiture. L'instant d'après Fifi se retrouva dans un champ verdoyant, l'enfant qui riait tant tout à l'heure était désormais allongé sur le sol, éjecté de la voiture ! Elle se retrouva à côté de la vieille Citroën, retournée et dont le capot fumait. La radio diffusait toujours des rythmes de tango, la femme, les yeux ouverts, ne bougeait plus. Seul l'homme, la tête ensanglantée, émettait quelques gémissements. Fifi était choquée, par ce qu'elle venait de vivre avec eux dans cette voiture, elle pouvait ressentir toutes leurs émotions jusqu'à la douleur de leurs blessures. Dans un effort surhumain, l'homme saisit la main de la femme inerte et dans un dernier souffle murmura « Mon amour » puis tenta de se retourner « Esteban ». Fifi se retrouva devant un imposant portail, juste à côté de celles-ci, elle put y lire **Orphelinat Le St Gadiel**. Elle se retrouva dans une immense pièce froide et sobre, il y avait plusieurs lits alignés les uns à côté des autres. Fifi entendit des sanglots provenant d'un des lits, l'instant d'après elle vit le petit Esteban qui se tenait prostré dans un coin de l'immense cour. Elle vit plusieurs images du petit garçon mais dans aucune, il ne parlait ou ne s'amuser, elle comprit que depuis l'accident l'enfant était plongé dans un profond désespoir, le chagrin que lui avait causé le décès de ses parents semblait incommensurable. L'enfant s'était plongé dans un mutisme général, certains adultes de l'orphelinat pensaient qu'il avait perdu la tête et qu'il était devenu complètement fou. Elle put

Je te vois d'ici...

l'entendre sangloter des nuits entières sous ses draps tandis que son petit cœur s'anesthésiait.

— C'est ma faute, c'est ma faute, murmurait-il en un leitmotiv tandis qu'il se frapper la tête avec son petit poing.

Le pauvre petit garçon cachait le vieux trilby ou du moins ce qu'il en restait sous ses pulls et t-shirts tandis que les autres enfants jouaient dans la cour de l'orphelinat, le petit Esteban, lui, se cachait sous son lit, seul avec sa culpabilité. Fifi comprit que c'était aussi à ce moment-là qu'il partait dans son monde, lui aussi.

Elle fut à nouveau arrachée à ce décor, pour se retrouver dans sa drôle de planète, une planète conique aux anneaux argentés puis elle vit Esteban enlevé par le même monstre, la même gigantesque ombre qui l'avait enlevé elle-même pour l'enfermer dans sa bulle, les faisant prisonniers tous deux comme des tas d'autres enfants. Elle vit le petit Esteban, sur une des planètes et qui parlait à Adam et Lynette ! Ses amis ! Comment cela pouvait-il être possible, le garçonnet avait finalement pu se libérer de ces prisons ? Mais comment avait-il fait ? Elle aurait voulu le saisir et le secouer pour lui poser toutes les questions qui fusaient alors dans sa tête lorsque le petit Esteban disparut pour laisser place à un vieux Monsieur qui portait un trilby sur la tête. L'homme âgé était sur une chaise roulante et il portait sur ses genoux une petite fille avec qui il riait aux éclats mais le regard du vieillard reflétait une profonde tristesse.

Fati Elfa

— Cessez vos enfantillages Esteban, la petite Sonia doit aller faire sa sieste et vous aussi ! lui dit une dame en blouse blanche qui faisait le lit.

— Papi tu es le meilleur du monde ! lui dit la petite fille en descendant de ses genoux.

— Je te pardonne papi d'avoir fait tomber mon doudou, j'ai trop rigolé avec toi ! s'écria-t-elle avant de de se diriger vers sa mère qui attendait les bras croisés à l'entrée de la porte.

Elle ramassa son doudou, un éléphanteau en peluche auquel il manquait un œil. Depuis cet œil il revit la scène, une scène qu'il n'avait jamais pu oublier et qui le fit culpabiliser toute sa vie. Il revoyait son père conduire et qui riait aux éclats, sa mère qui se retournait vers lui pour lui faire un clin d'œil puis le chapeau au sol. Fifi comprit donc qu'il s'agissait là du petit Esteban qui avait bien grandi ! Il devait avoir dans les soixante-cinq ans désormais ! Mais alors pensa Fifi il était resté tout ce temps prisonnier de sa bulle ?! Il était devenu grand-père ! La dernière phrase que venait de lui dire innocemment sa petite-fille venait de le figer sur place. Sa petite fille lui avait pardonné d'avoir fait tomber son doudou, un pardon qu'il avait recherché toute sa vie…Le pauvre vieil homme s'était demandé toute sa vie si son père et sa mère lui avaient pardonné d'avoir joué ce jour-là avec ce maudit chapeau qui leur avait couté la vie. Elle ressentait ce que le vieil homme

Je te vois d'ici...

pensait et la voix résonna à nouveau en Fifi, c'était la voix de son âme **il est enfin arrivé à l'intersection, le moment de faire le choix !**

Quel choix ?!

Celui de se pardonner, de vivre enfin ou celui de continuer à ne vivre qu'à moitié, rongé par une colère contre lui-même, résonna à nouveau la voix.

Une lumière blanche éclatante, qu'elle seule pouvait voir, jaillit du corps du vieillard, son torse sembla s'ouvrir en deux tandis qu'une autre lumière verte le pénétrait. Il se remplissait à nouveau de lumière, d'amour, comme avant l'accident. Il se leva de son fauteuil et commença à s'avancer lentement, les jambes tremblantes vers la table de chevet.

– Papa ! Tu peux marcher ?! s'écria avec stupeur la jeune femme qui tenait la main de la petite Sonia.

– Monsieur ! Rasseyez-vous voyons votre polyarthrite ! s'écria l'infirmière qui tentait de le rassoir sur son fauteuil.

– Nooon ! Lâchez-moi ! hurla-t-il tandis qu'il saisissait un cadre de photo sur sa table de chevet.

Fati Elfa

Il rapprocha le cadre de son visage, c'était une photo de lui avec sa femme qui n'était plus de ce monde.

— Bon ça suffit ! Je vais aller chercher le docteur ! maugréa l'infirmière avant de sortir.

Le vieil homme embrassa le visage de la femme sur la photo et la déposa en tremblnt contre son cœur.

— J'ai perdu tant de temps…ma chéri, mon amour, je t'aime ! dit-il en pleurant tandis que de grosses larmes coulaient le long de ses joues fripées.

— Toi aussi Agathe je t'aime, dit-il en se retournant péniblement vers sa fille.

— Je n'avais jamais pu dire à ta mère ce je t'aime qu'elle attendît tant… pas une seule fois ! J'en étais incapable, pleura-il à nouveau.

Sa fille le regardait comme s'il s'agissait d'un inconnu, elle n'avait encore jamais vu son père ainsi. Lui ? Révélant ses sentiments et surtout dire je t'aime.

— Pardonne moi Agathe ! lança-t-il à sa fille tout en s'asseyant au bord du lit.

Je te vois d'ici...

— Pardonne-moi mon amour dit-il en serrant contre lui la photo de sa femme.

Sa fille accourut vers lui pour le prendre dans ses bras tandis que le vieillard posait sa bouche tremblotante sur ses joues.

— Papa je te pardonne, bien sûr que je te pardonne ! Ce n'était pas ta faute ! dit-elle en fondant en larmes.

— Ils m'ont pardonné de l'avoir fait tomber…dit-il la voix à nouveau étranglée par les sanglots.

— Moi aussi je te pardonne papi, c'est pas grave si les choses tombent tu sais ! s'écria la petite Sonia, avec toute son innocence d'enfant.

Agathe et la petite Sonia étreignirent le vieil homme qui à ce moment-là semblait être redevenu l'enfant qu'il avait été avant le drame.

— Je n'ai plus mal…je ne ressens plus aucune douleur dans mon corps ! chuchota-t-il à sa fille.

Fifi fut projetée dans une autre scène encore où elle vit Esteban, plus jeune occultant tous sentiments et démonstration d'affection, il se mit plus tard à développer une maladie qu'on appelle la

Fati Elfa

polyarthrite rhumatoïde. La maladie s'était déclarée alors que sa fille Agathe venait d'avoir huit ans, l'âge qu'il avait lui-même lors du terrible accident. Fifi n'en revenait pas, on pouvait ainsi passer toutes ces années, enfermé dans ces bulles et peut-être même toute sa vie ! Esteban s'était coupé d'une partie de lui-même, s'interdisant d'aimer, sa culpabilité avait été son verrou, le pardon aurait été sa clé ! Mais alors que devait-elle se pardonner à elle-même ? Avait-elle quelque chose à pardonner elle aussi pour parvenir à se délivrer de ces bulles-prisons ? Elle ne savait pas, elle ne savait par quel bout commencer. Esteban et toute sa famille s'évaporèrent en un instant tandis que le décor des lieux tournoyait, pris dans un monstrueux ouragan. Fifi quant à elle resta debout, immobile, dans l'œil de l'ouragan, puis l'instant d'après, elle fut happée par un gigantesque miroir juste au-dessus d'elle !

Maria

Sa tête tournait, elle allait s'évanouir quand elle se retrouvait désormais dans un autre décor. Elle était à côté d'une jolie jeune femme qui se regardait dans ce miroir même qui venait de l'avaler. La jeune femme devant elle était petite de taille et mince, elle avait de longs et soyeux cheveux noirs qui lui arrivaient jusqu'à la taille. Elle portait une longue robe noire bien cintrés de celle que l'on met pour un soir de grand gala, elle se regardait sous toutes les coutures en faisant de grandes moues et

Je te vois d'ici...

en fronçant les sourcils puis elle déboutonna violemment sa robe avant de la jeter au sol puis elle s'effondra en larmes. Elle se releva au bout de cinq minutes pour dévaler les escaliers. Fifi n'eut même pas à la suivre qu'elle se retrouva instantanément près d'elle, dans la cuisine. La jeune femme ouvrit frénétiquement tous les placards et y prit tout ce qu'elle pouvait puis elle balança les victuailles sur la table. Elle se dirigea ensuite vers le frigo pour le vider également, elle déposa le tout avec le reste sur la table. Elle finit par s'asseoir et ne bougea plus, son visage était triste mais elle redressa ensuite la tête pour regarder toute la nourriture sur la table pendant quelques secondes. Elle savait qu'une fois de plus elle ne pourrait y échapper, que c'était bien plus fort qu'elle, bien plus fort que son désir de vivre. Elle avait besoin de le faire, elle avait besoin de contrôler quelque chose, de contrôler sa vie, une vie qu'elle n'eut jamais cru comme étant la sienne. Elle ne savait pas pourquoi cet écho provenant du plus profond d'elle-même ne voulait la lâcher. Son corps lui parlait mais elle ne comprenait pas son langage, il y avait quelque chose mais elle ne savait pas quoi. Elle ne savait pas quoi faire pour oublier son mal être mis à part cette chose qu'elle savait le mieux faire, le mieux maîtriser et qui la faisait se sentir en vie pendant quelques minutes avant de revenir à cet état où elle se sentait la plupart du temps inexistante.

Elle s'assit pendant quelques secondes, ferma les yeux comme pour se concentrer puis reprit une respiration lente et régulière ; après cela elle rassembla ses cheveux en chignon puis fit glisser l'élastique qu'elle avait autour du poignet pour le resserrer autour de la boule de cheveux qu'elle venait de former. On aurait dit un sportif en pleine concentration, juste avant une

Fati Elfa

performance puis avec des gestes lents et précis, elle fit un tri parmi toute la nourriture qu'elle venait éparpiller sur la table. Elle déchiqueta tout d'abord tous les sachets de biscuits et gâteaux en tout genre puis les aligna minutieusement devant elle. Elle entreprit ensuite d'ouvrir tous les pots qu'elle avait sorti du placard, elle ouvrit un pot de pâte à tartiner puis un pot de beurre de cacahuète aux côtés desquels elle déposa minutieusement une grosse cuillère à soupe argentée. Elle ouvrit ensuite des boîtes de conserves, l'une était une boîte de cassoulet et l'autre une boîte de raviolis. La jeune femme s'arrêta à nouveau quelques secondes, inspira et expira rapidement avant de prendre la grosse cuillère et de l'enfoncer dans sa bouche. Elle continua avec de grosses cuillerées de cassoulet à même la boîte de conserve, qu'elle engloutit aussi. Elle mangeait de plus en plus vite se jetant sur la nourriture comme une affamée, on aurait dit qu'elle n'avait pas mangé depuis une semaine ! Elle engloutit toute la boîte de cassoulet, repris à peine son souffle et se jeta sur les biscuits au chocolat alignés devant elle. Elle semblait peiner à respirer mais elle continuait de manger ou plutôt de dévorer, elle avait mal au niveau de la gorge tant elle machait à peine ses aliments pour se dépêcher de les engloutir. Une toux la saisit durant quelques secondes tandis qu'elle se tenait la gorge mais cela ne l'empêcha pas de se saisir de la cuillère pour la tremper dans le gros pot de pâte à tartiner. A peine eut-elle dégluti la première bouchée qu'elle se remplissait déjà la bouche avec la deuxième, elle entama aussi le pot de beurre de cacahuète. Sa bouche était tellement pleine que des morceaux d'aliments commençaient à dégouliner sur son menton qu'elle essuya d'un revers de manche. Elle ramena

Je te vois d'ici...

frénétiquement la boîte de raviolis près d'elle, la boîte se renversa sur la table mais elle en ramassa à la cuillère les morceaux qu'elle engloutit en grognant. Un profond désarroi mais aussi des hauts le cœur la saisirent avec des spasmes provenant de son estomac mais il fallait continuer, continuer à se remplir ! Fifi était toujours, là, assise sur une chaise en face de cette pauvre jeune femme, elle était bien sûr toujours invisible. Fifi ne comprenait pas pourquoi cette jeune femme, qui était si belle en apparence pouvait s'infliger cela. Il semblait en effet, que devant une telle frénésie la jeune femme ait perdu tout contrôle mais en réalité c'était tout le contraire. Fifi se demandait quand elle arrêterait de manger si on pouvait appeler cela manger, elle regardait toujours la jeune femme s'empiffrer jusqu'à ce qu'elle en eut la nausée. Soudain la jeune femme se leva de sa chaise et courut s'engouffrer dans la salle de bain. Fifi se retrouva instantanément à ses côtés. La jeune femme, une brosse à dent à la main s'était accroupie devant les toilettes et vomissait tout ce qu'elle venait d'ingurgiter. L'odeur nauséabonde de la vomissure envahit toute la pièce puis comme un automate la femme se releva, pulvérisa un spray désodorisant et alla vite se brosser les dents. Elle s'appuya sur le bord du lavabo tandis qu'elle continuait de se brosser les dents mais Fifi remarqua bien qu'elle essayait d'éviter son regard dans le miroir. Elle finit par déposer sa brosse à dent dans le verre, elle hésita quelques instants mais finit par relever la tête et se regarder dans la glace.

Depuis le reflet de ses pupilles, Fifi fut à nouveau transporter dans un autre univers, un autre monde. Fifi se retrouva debout à côté d'une toute petite fille âgée d'à peine quatre ans, elle tenait dans ses mains plusieurs poupées et peluches, elle en avait tant qu'elle peinait à toutes les garder dans les bras. Des bruits de

Fati Elfa

klaxons de voiture firent comprendre à Fifi qu'elle se trouvait dans une de ces grandes villes où l'effervescence et l'agitation étaient permanentes. Elle se trouvait près d'un hangar désaffecté où errait quelques chiens sans maître, il faisait très chaud même si le soleil commençait à se coucher lentement, laissant peu à peu place à la pénombre. L'enfant se cachait derrière un muret à peine plus grand qu'elle, elle se plaquait les mains sur sa bouche pour empêcher un rire de sortir.

- Sofia ! Trouvée ! s'écria une voix.

Des dizaines d'enfants sortirent de leurs cachettes en éclatant de rire et se cherchant déjà une autre cachette pour la partie suivante. Un enfant comptait à haute voix pendant que les autres s'éparpillaient dans l'excitation de se trouver une nouvelle cachette. C'est alors qu'une fillette un peu plus grande s'approcha d'elle :

- Sofia rentre à la maison maintenant, maman ne veut pas que tu joues avec les grands !

- Non ! maugréa l'enfant avant de repartir en courant.

La petite fille s'éloigna un peu plus pour se cacher derrière une grande roue de camion qui semblait avoir été déposé au sol depuis si longtemps que les mauvaises herbes avaient fini par pousser à l'intérieur et tout autour. Soudain une ombre couvrit la lumière du

Je te vois d'ici...

soleil, un homme venait de surgir et emporta la pauvre petite Sofia ! Il l'emporta dans un silence absolu comme on emporterait un objet qu'on vient de dérober. La petite fille essaya de crier mais la grosse main de l'homme lui recouvrait la bouche. L'instant d'après Fifi se trouva aux côtés de la petite fille, allongée sur un lit, un homme et une femme portant des blouses blanches et des masques s'afféraient autour d'elle. Un bip retentissait toutes les secondes, il y avait du sang un peu partout sur le lit puis ce fut le comble de l'horreur lorsque Fifi s'aperçut qu'on avait ouvert le ventre de la pauvre petite ! L'homme en sortait une espèce de gros haricot rouge et le déposait délicatement dans un bocal. Il y eut comme un écran noir lorsqu'elle se retrouva à nouveau auprès de la petite fille qui s'était réveillée seule, dans cet endroit glauque. Des bandages et des flacons trainaient encore sur le sol tandis que la petite fille pleurait de douleur en se tenant le ventre. Elle tenait toujours entre ses petites mains ce doudou, un éléphanteau auquel il manquait un œil.

L'instant d'après, elle retrouva la petite Sofia debout et silencieuse dans une jolie robe à fleurs couleur bleu ciel assortie à de jolis rubans enroulés autour de sa longue et soyeuse chevelure brune. Auprès de la petite fille se tenait une femme qui portait une longue robe noire et un long voile noir et blanc lui recouvrait la tête et les épaules. Fifi ne put en distinguer que son visage, un de ses visages doux et lumineux qui vous inspire confiance. Elle portait autour du cou une longue et lourde chaîne avec à son bout une croix brillante et argentée. Il n'y avait plus de doute pour Fifi, il s'agissait d'une religieuse. **Bureau de la Directrice,** toute les deux attendaient dans un couloir près de ce bureau, tout dans ce

Fati Elfa

lieu était gris et froid, seul un tapis jaune moutarde longeant le long couloir donnait un peu de chaleur à ces lieux austères.

— Voilà tu es jolie comme ça ma toute belle. Ceux-là c'est sûr ils vont craquer et t'adopter, dit-elle en caressant délicatement les cheveux de la petite fille.

Fifi était toujours auprès de l'enfant silencieuse lorsqu'elle se retrouva tour à tour à l'intérieur du bureau. Fifi n'en revenait toujours pas d'être capable d'être ainsi partout à la fois sans que personne ne se douta de sa présence. Une autre religieuse beaucoup plus âgée se tenait derrière un bureau en bois massif des plus imposant. En face d'elle, un homme et une femme aux allures élégantes et sophistiquées semblaient boire ses paroles.

— Elle a été retrouvée errant dans un bidonville non loin d'ici, mutique et un rein en moins, la pauvre enfant dit la vieille religieuse en faisant un signe de croix.

— Et comment s'appelle-t-elle ?

— Ne connaissant pas son nom, nous l'avons rebaptisée avec le prénom Maria.

L'instant suivant, elle était assise à l'arrière d'une voiture, près de la petite Sofia rebaptisée Maria. L'enfant s'accrochait toujours à ce petit éléphanteau, qu'elle prenait soin de bien cacher afin que

Je te vois d'ici...

personne ne le lui prenne. La femme qui conduisait baissa le son de la radio qui diffusait une chanson latino des plus entraînantes.

— Chéri, il ne faudra jamais qu'elle sache qu'elle a été adoptée et encore moins savoir que ces ordures lui ont volé un rein, tu entends ? dit la femme en caressant les épaules de l'homme qui conduisait la voiture.

— Mais chérie, ne crois-tu pas qu'elle s'en rappellera ?

— Ne dis pas de sottise, elle n'a que trois ans, elle ne s'en rappellera jamais !

— Oui chéri, répondit docilement le mari.

Puis la femme se retourna :

— Tiens ma petite mange ça ! Et tu as intérêt à tout finir ! lui dit-elle en lui souriant et en lui tendant un énorme sandwich.

Une tornade se leva à l'intérieur de la voiture puis s'ensuivit une fumée blanche et épaisse qui fit à nouveau voyager Fifi dans les temps et les espaces. Elle se retrouva à nouveau aux côtés de la jeune femme qui était toujours dans la salle de bain. Elle était en train de caresser délicatement la longue cicatrice qu'elle avait sur le ventre. Sur le miroir juste en face d'elle Fifi vit une scène qui

Fati Elfa

avait eu lieu pendant son adolescence où la jeune femme demandait l'origine de cette cicatrice à sa mère qui éluda la question sans plus de considérations. La jeune femme s'apprêtait à aller se coucher quand sa mère entra dans sa chambre sans frapper.

— N'oublie pas de prendre tes médicaments ma chérie, lui dit-elle en lui tendant un grand verre d'eau.

— Maman, j'en ai marre de prendre ces médicaments ils m'ensuquent !

— Maria ! Tu sais très bien que tu dois les prendre, tu es en dépression ! lui dit sa mère en lui déposant deux petites pilules rondes dans le creux de sa main.

— Mais ça fait deux ans que je les prends maman !

— Prends-les encore ! lui ordonna sèchement sa mère avant de sortir de la chambre.

Fifi pouvait ressentir le profond désarroi de la jeune femme, la tristesse mais plus encore ce douloureux sentiment de solitude. La jeune femme regardait ses petites pilules rondes, elle se sentait inexistantes et même pire, elle ne se sentait pas à sa place. Elle était devant cette vie, et même à l'intérieur de cette vie qu'elle sentait

Je te vois d'ici...

ne pas lui appartenir. Elle ressentait ce manque, cette absence, ce sentiment de vide qui ne s'en va pas. Elle se rappela tous ces doutes, toutes ces questions qu'elle avait posées à l'adolescence à ses parents qui lui donnaient toujours des bribes de réponses qui résonnaient faussement en elle. Fifi voyait la petite Maria qui était en vérité Sofia venir régulièrement sur sa planète, c'était la petite fille aux montagnes de peluches !

La jeune femme ouvrit le tiroir de sa table de chevet pour y prendre un flacon d'autres pilules, elle en déversa une poignée dans le creux de sa main avant de les enfoncer dans sa bouche et de les faire descendre avec un grand verre d'eau. Elle ouvrit son autre main où il y avait toujours les deux autres pilules rondes que venait de lui donner sa mère. L'une d'elle était ronde et bleue, un bleu flamboyant comme celui de sa planète refuge.

Soudain Fifi et tout le décor de cette scène furent happés à leur tour par cette petite pilule bleue. Fifi retrouva la petite Maria au milieu de ses peluches, bavardant avec elles et s'esclaffant de rire puis le monstre qui l'emportait tandis qu'elle la voyait aussi dans l'autre monde avaler un tas de pilules et qui s'endormait en rêvant d'une femme qui lui chantait une berceuse en espagnol.

— Estrellita donde estas…la la la…, chantonnait la voix.

— Dors bien ma petite Sofia, lui dit-elle ensuite en l'embrassant tendrement.

Fati Elfa

La jeune femme s'endormait dans son lit, engourdie par tous les cachets qu'elle venait de prendre tandis que dans l'autre monde, sur sa planète le monstre venait emporter la petite Maria qu'elle était. Fifi se retrouva devant un bâtiment blanc, **Unité Psychiatrique**, put-elle lire avant de se retrouver devant une fenêtre en plexiglass. Sur le lit, il y avait une femme dont on ne voyait que le dos et la longue chevelure noire, Fifi reconnut Maria…enfin Sofia.

Fifi eut à nouveau le cœur brisé en voyant la souffrance de cette jeune femme mais le plus douloureux était de savoir ce que cette pauvre jeune femme ne savait pas. Cette vérité qu'elle appelait de tous ses vœux et après laquelle elle courait jusqu'à en devenir folle !

Elle doit pardonner ! Tu dois l'aider à pardonner ! résonna à nouveau la voix au fond d'elle.

— Mais comment pardonner si elle ne sait même pas ce qu'elle doit pardonner ?!

Au fond on sait toujours, elle, elle sait, il faut qu'elle écoute sa voix ! Le corps, lui, l'entend !

Elle se retrouva simultanément dans le monde des bulles mais cette fois-ci elle y était spectatrice, elle se rendit compte que dans l'une des bulles dormait une enfant…Fifi se demanda combien de temps cela durerait avant que Maria n'arrive à sortir de sa bulle. Y arriverait-t-elle un jour aussi comme Esteban ? Et puis, elle, elle y

Je te vois d'ici...

était toujours aussi dans cette satanée bulle ! Comment pourrait-elle les aider alors qu'elle était elle-même prisonnière ?

Fati Elfa

CHAPITRE XII

La cabane du pêcheur

— **Allez Fifi ! S'il te plaît ne meurs pas ! Réveille-toi !**

Fifi ouvrit subitement les yeux, quelqu'un la secouait doucement par les épaules, sa vision s'éclaircit peu à peu, elle reconnut Adam. Elle eût soudain très froid, elle était complètement trempée, elle s'aperçut qu'elle était allongée sur le sol puis elle essaya de tourner la tête tandis que son corps grelotait de froid. Soudain, elle se mit à tousser en recrachant de l'eau, Adam venait de la sauver d'une noyade certaine. Elle essaya de se relever mais elle était encore étourdie, elle s'allongea à nouveau sur le dos et se mit à fixer le ciel :

— Laisse-moi…t'aurais dû me laisser…gémit-elle en le repoussant tandis qu'Adam tentait de la relever.

— Tu dois être frigorifiée, faut qu'tu t'sèches ! dit Adam en tentant de la relever.

Je te vois d'ici...

— Non ! Laisse-moi ! s'écria-t-elle.

Fifi lui tourna le dos et se mit à sangloter, elle s'était recroquevillée sur elle-même comme un bébé. Adam l'étreignit un instant sans dire un mot puis l'attrapa par les bras pour l'aider à se relever. Cette fois-ci elle se laissa faire et se releva péniblement, s'accrochant à Adam alors qu'une autre quinte de toux la reprenait.

— Y a une petite cabane de pêcheur pas loin sous la forêt là, dit Adam tout près de son oreille.

Adam la serra fort contre lui la tenant fermement, il avait eu si peur, si peur de la perdre. Ils s'enfoncèrent lentement et en silence dans la forêt, les jambes de Fifi flanchaient par moment mais Adam arrivait toujours à la rattraper.

— Je…commença Fifi.

— Chut c'est bon t'as pas à m'expliquer, l'interrompit Adam.

De chaudes larmes coulèrent silencieusement sur ses joues rosies par le froid glacial de l'eau dans laquelle elle venait de se jeter. Agrippée à Adam, elle se demandait comment un être pareil pouvait exister et combien il était rare de rencontrer des gens pareils. Elle se demanda pourquoi, elle, Fifi, avait-elle eu une chance pareille, la chance de l'avoir rencontré ! Tout ce noir, toutes ces ombres, peut-être eut-il mieux valu ne jamais en parler ?

Fati Elfa

Après tout, peut être qu'une chose dont on ne parlait pas pouvait s'annuler ? Pouvait-on croire à cela ? Peut-être était-ce le fait d'en parler et seulement le seul fait d'en parler qui donnait la réalité aux choses ? Pouvait-on vivre correctement avec une chose qu'il fallait taire pour qu'elle n'existât pas ? Alors qu'elle criait encore plus son existence par sa non-existence même ? Toutes ces questions avaient à nouveau pris possession de son esprit et semblaient provenir du plus profond de son être.

Ils finirent par arriver devant la cabane en bois, Adam qui tenait toujours fermement Fifi, donna un grand coup de pieds à la porte.

— Qui c'est ?! ? s'écria une voix à l'intérieur.

— Aidez-moi !

Ils allongèrent ensemble Fifi sur un lit de camp, lorsqu'elle ouvrit à nouveau les yeux elle distingua de plus en plus clairement le visage de Gabriela qui la dévisageait.

— Elle a eu un accident, elle est tombée du ponton, dit Adam.

— Et toi ? Qu'est ce tu fous là ? murmura Fifi.

— Bein c'est la cabane de mon père on y reste pour le weekend.

Je te vois d'ici...

— Quoi ?! s'écria Fifi en tentant de se relever.

— Reste allongée ! Tu dois te reposer ! dit Gabriela en essayant de la recoucher.

— Lâche-moi, me touche pas toi !

— Sympa, tu pourrais au moins me remercier de t'accueillir contre mon gré !

— Me parle pas ! dit fifi en lui tournant le dos.

Gabriela sortit de son sac à dos des rechanges.

— Sors Adam, je vais la changer elle est trempée.

Pendant que Gabriela aidait Fifi à se changer, celle-ci ferma les yeux et tout lui revint. La remise, les lettres, le ponton, le lac, les bulles dans l'eau puis le silence et maintenant la honte, tout se bousculait dans sa tête.

— C'était juste un accident tu sais j'ai pas voulu…, bredouilla Fifi.

Fati Elfa

Gabriela s'était assise auprès d'elle, baissa la tête sans rien dire. Elle n'arrêtait pas de jouer avec ses manches, elle semblait anxieuse et sous sa manche qui se relevait de temps en temps, Fifi eut le temps d'apercevoir des scarifications, des traits rougeâtres bien alignés les uns à côté des autres.

- Oui ça aussi c'est juste un… accident, dit Gabriela avant de remettre ses manches en place.

- Ça y est j'peux entrer maintenant ? dit Adam en entrebâillant timidement la porte.

- Tiens mets ça ! Toi aussi t'es trempé ! dit Gabriela en lui lançant un pull.

- Et il est où là ton père ? dit Fifi péniblement, en se massant le front.

- Oh il est parti très tôt ce matin pour pêcher sur son bateau il ne reviendra que ce soir.

Gabriela tendit un verre d'eau et un comprimé à Fifi.

- Tiens, pour ton mal de tête.

Je te vois d'ici...

Fifi se releva un peu et prit le verre et le comprimé que lui tendait Gabriela.

— Merci...pour ça, dit-elle en levant son verre.

— Et... aussi pour ça, continua-t-elle en désignant la cabane.

Fifi eut soudain très envie de dormir et avant de plonger dans un profond sommeil, elle vit le visage de sa mère qui lui souriait, elle lui manquait tellement ! Tandis qu'un engourdissement l'enveloppait, elle se demanda comment elle avait pu laisser tomber ainsi sa mère, comment avait-elle cru qu'en ignorant son absence tout rentrerait dans l'ordre ?! Comment avait-elle pu croire qu'en s'effaçant elle atteindrait enfin le bonheur ?! Durant son sommeil, il lui sembla s'être réveillée à plusieurs reprises, elle entendait tantôt la voix de Gabriela tantôt celle d'Adam qui discutaient à son chevet mais leurs voix semblaient s'entremêler et résonner en un seul et même chuchotement dans sa tête.

— Faut qu'on s'cache son père arrive ! s'écria Adam.

— Quoi mais tu avais dit...

— Je sais ! Je sais moi aussi je croyais...allez faut surtout pas qu'il vous voit ici !

Fati Elfa

Ils tentèrent de sortir Fifi du lit mais celle-ci avait à peine la force de se tenir debout. On entendait des sifflotements qui se rapprochaient de plus en plus.

— Mets-la sous le lit ! s'écria Gabriela.

Adam aida Fifi à passer sous le lit pendant que Gabriela remettait nerveusement un peu d'ordre dans la cabane. Quant à Adam, il cherchait dans la cabane un endroit où se cacher.

— Sors Adam ! Va te cacher dans la forêt ! dit Gabriela qui tentait de garder son calme.

Gabriela s'attela à la cuisine l'air de rien tandis qu'on entendait l'homme s'approcher de la cabane en chantonnant de vieilles chansons paillardes. L'homme en question semblait bien torché, on aurait dit un de ces poivrot qu'on dégageait parfois du bar du village. Cachée sous le lit, Fifi ne distinguait plus grand-chose, elle ne voyait que le vieux parquet en bois, les pieds des chaises, le manche d'un harpon et surtout beaucoup de poussière. Fifi eut une irrépressible envie de rire, son insouciance d'enfant voulait reprendre le dessus après tout ça, les chansons paillardes et grossières que chantait le père complètement torché ne l'aidaient pas à garder son sérieux. Le père ouvrit la porte et jeta un énorme esturgeon qui claqua au sol, la tête et les yeux vitreux du poisson se retrouvèrent face à Fifi. La jeune fille se boucha le nez avec

Je te vois d'ici...

dégoût tandis que les yeux vitreux du poisson semblaient la dévisager.

— Ah ma poupée tu m'as manqué, viens embrasser papa !

De là où elle était, elle pouvait voir leurs pieds se déplacer, ceux du père semblaient tituber, il s'était vraiment mis minable. Après une longue étreinte qui avait vraiment dû être gênante pour Gabriela, le père s'affala sur l'autre lit de camp.

— J'ai chopé un gros poisson, amène-le-moi que je le vide !

Gabriela s'exécuta sans un mot, elle se baissa pour récupérer le poisson au sol. Fifi posa sa main contre sa bouche pour ne pas glousser de rire mais lorsque le regard de Gabriela rencontra le sien elle put y lire de la terreur. Gabriela mima un chut avec son index sur la bouche tout en saisissant l'esturgeon flasque sur le parquet. Fifi voyait les petits pieds de Gabriela près des pieds de la table quand soudain elle entendit son père bondir vers la jeune fille.

— Oh ma princesse ! Viens là contre papa !

— Non papa laisse-moi ! Arrête !

Fifi entendait la jeune fille se débattre pour se sortir d'une étrange étreinte qui la plongeait elle aussi dans une certaine malaisance.

Fati Elfa

Fifi ferma les yeux pour essayer de réfléchir, elle se disait que c'était son père qu'il ne pouvait pas lui faire de mal mais quelque chose lui disait que tout cela n'était pas normal, peut être écoutait-elle enfin cette petite voix au fond d'elle, sans que celle-ci n'eut à crier pour une fois. Son père à elle ne faisait pas ça ! Tout se bousculait dans sa tête, elle ne savait plus quoi penser puis soudain, Fifi se hissa hors du lit, saisit le harpon et se dirigea vers le père qui à ce moment-là lui tournait le dos.

– Laissez-la ! Laissez- la tranquille ! hurla-t-elle.

L'homme alcoolisé se retourna vers Fifi qui le menaçait de son harpon, il gloussa de rire, d'un de ces rires machiavéliques de pochtron.

– Quoi mais t'es qui toi ?! Et puis qu'est que tu vas faire hein ?! dit-il en titubant vers elle, les yeux injectés de sang.

La porte d'entrée s'ouvrit avec fracas, c'était Adam ! Il attrapa les filets accrochés à l'entrée et les balança sur l'homme, qui, prit dans les filets continuait à se débattre et s'avancer vers elles !

– C'est ma fille ! hurla-t-il avant d'essayer de se jeter sur Gabriela.

Le bonhomme n'était pas très alerte compte tenu de son état et dans un instinct de survie, Fifi planta sans hésitation la pointe du

Je te vois d'ici...

harpon dans les parties génitales de l'homme qui se mit à hurler comme une bête sauvage. Il regarda Fifi avec effroi, n'en revenant pas qu'elle ait pu faire ça, à vrai dire, elle n'en revenait pas elle-même, l'instinct de survie peut parfois vous faire faire des choses insoupçonnées. Elle resta un instant sans bouger tant elle horrifiée par ce qu'elle venait de faire, elle avait déjà mis le feu et voilà que maintenant elle venait d'harponner un homme ! Elle resta un moment sous le choc, les yeux écarquillés et tremblant de tous ses membres.

— Viens Fifi ! Faut qu'on s'casse ! lui cria Adam en la tirant par la main.

Elle retira sa main de celle d'Adam, elle ne voulait pas abandonner Gabriela qu'elle voyait s'avancer lentement vers le père qui se débattait sous les filets en maugréant. Elle se tenait désormais droite et dans son regard il n'y avait plus de terreur mais une force mêlée à un amour pour soi incommensurable. Elle dirigea lentement sa main vers le manche du harpon qui était toujours enfoncé dans le corps de l'ivrogne.

— Gaby aide-moi !

— Tu as raison papa…j'étais ta fille, lui dit-elle en le regardant droit dans les yeux tandis qu'elle enfonça d'un coup sec un peu plus le harpon.

Fati Elfa

Puis Gabriela saisit la main que lui tendait Fifi et ils s'enfuirent tous ensemble le plus loin possible de la cabane.

Je te vois d'ici...

CHAPITRE XIII

Le grand pardon

Enfermée dans sa bulle, la jeune fille sortit peu à peu de sa torpeur, elle ne sut pas exactement combien de temps elle était restée ainsi car dans cet endroit il n'y avait pas de temps. Elle aperçut un léger mouvement, de l'autre côté, elle rassembla ainsi ses dernières forces et rampa jusqu'à la paroi épaisse de sa bulle. De l'autre côté, elle voyait la main de Gabriela plaquée contre la paroi tandis qu'elle gisait dans sa bulle.

— Gabriela ! Gabriela ! cria Fifi la gorge sèche.

Mais elle ne reçut aucune réponse, Fifi rassembla le peu de force qui lui restait pour déposer sa main contre celle de Gabriela.

— Je sais maintenant dit-elle dans un soupir.

Il y eut un silence effroyable, un silence de remords amers, de ceux qui pèsent lourd sur la poitrine et qui vous engloutissent parce qu'il est trop tard pour une rédemption. Fifi se mit à

Fati Elfa

sangloter, elle venait de ressentir la vie de Gabriela, de ressentir chaque émotion, chaque colère et chaque joie. Elle s'en voulait tellement à cet instant, les remords et la culpabilité semblaient s'être ligués contre elle pour l'empêcher de respirer. Elle avait si honte, si honte d'avoir jugé sans savoir, comme les autres l'avaient fait avec elle auparavant. Soudain, elle entendit un gémissement, un souffle de vie qui reprenait malgré tout, tel un être qui ressuscite, une âme qui reprend sa place.

— Je suis désolée Fifi ! Pardonne-moi ! sanglota Gabriela.

Fifi ressentit pour la première fois de la sincérité dans la voix de celle qui fut autrefois son ennemie. Tout à coup une lumière apparut dans leurs bulles respectives, une lumière qui projeta à Fifi un film juste au-dessus de sa bulle. Dans ce film il y avait Gabriela qui dormait profondément dans un lit au milieu d'une chambre décorée avec délicatesse, une vraie chambre de princesse, elle y dormait paisiblement lorsqu' une ombre ouvrit la porte et se glissa dans son lit, il n'y avait aucun bruit, aucun son. Fifi ressentit la douleur et les meurtrissures de Gabriela à cet instant précis. L'innommable, le dégoût et des larmes qui coulent en silence. Comment pouvait-il ? Comment pouvait-on faire ça à un enfant ? A son enfant ? Puis l'instant d'après une voix résonna « Je vais t'aider, tu n'es pas seule ! » C'était la voix de sa propre mère qui s'adressait à Gabriela ! Ainsi elles se connaissaient toutes les deux ! Sa mère avait reconnu sa blessure parce qu'elle avait la même ! De l'autre côté de la bulle, Gabriela avait aussi droit à son film, un film en 3D où elle voyait Fifi recouvrir le corps froid et blême de sa

Je te vois d'ici...

mère. Elle vit fifi tentait de réveiller sa mère inerte et entourée de pilules rondes et colorées. Elle vit aussi la bougie qui remplaçait l'électricité coupé parce qu'il n'avait pas été payé et les placards vides dans lesquelles il ne restait plus que quelques céréales aux boules multicolores. Elle vit aussi la scène de la supérette et les denrées volées dépassant de la besace. Elle entendit aussi ses sanglots déchirants puis cette phrase qui résonna dans sa tête **c'est pour ça que ta mère s'occupe pas de toi ! Elle te trouve moche elle aussi !** Toutes ces moqueries qui avaient lacéré le cœur de Fifi et dont elle était à l'origine ! Son cœur se serra à son tour, puis les remords et la culpabilité vinrent l'étreindre à son tour. Gabriela s'agenouilla face à la silhouette de Fifi et se mit à nouveau à implorer son pardon mais cette fois-ci l'intention était sincérité. Fifi finit par se relever et colla son nez contre la paroi de la bulle :

— Non…toi pardonne-moi ! Je suis tellement désolée !

— Sophie, je te vois…

En entendant ces quelques mots, tout changea, Fifi comprit qu'il fallait sortir de sa prison intérieure pour pouvoir sortir de celle-ci.

— Tu lui as pardonné à lui ? Tu lui as pardonné ce qu'il t'a fait ? demanda Fifi.

Gabriela éclata en sanglot, elle gémissait comme un petit animal blessé puis une colère la saisit et prise de rage elle se mit à donner

Fati Elfa

des coups de poings sur la membrane qui l'emprisonnait. Fifi constat avec effroi que plus Gabriela donnait des coups sur la paroi plus celle-ci s'épaississait !

– Pourquoi ?! Pourquoi ?! hurlait-elle jusqu'à en perdre haleine.

La folie semblait s'être emparée de la pauvre jeune fille lorsqu'elle entendit Fifi lui murmurer avec un amour infini.

– Je te pardonne Gabriela ! Ecoute-moi ! Moi je te pardonne et je me pardonne ! Je leur pardonne à tous aussi ! Tu dois aussi lui pardonner et surtout te pardonner à toi !

– Me pardonner ?! A moi ?!

– Pardonne-toi de t'être abandonnée oui ! Ce n'est pas pour eux mais pour toi que tu dois le faire ! s'écria Fifi sûre d'elle.

Gabriela se recroquevilla sur elle-même, elle voulait abandonner, là maintenant, c'était beaucoup trop dure pour elle ! Elle eut envie de rester ici pour toujours, pour oublier, faire comme si rien ne s'était jamais passé. Cela semblait être tellement plus facile de rester ici finalement, dans ce cocon psychédélique ! Se trouver

Je te vois d'ici...

dans deux mondes différents et refuser de voir ce qu'il nous arrivait dans l'autre, c'était ça le déni.

— On n'y arrivera pas si on ne s'aime pas et si on ne pardonne pas ! C'est ça la solution il faut le faire pour nous Gabriela ! Si tu restes ici tu seras toujours vivante là-bas mais complètement morte à l'intérieur puisque ton âme sera toujours enfermée ici et tu ne vivras pas la vie que tu mérites !

Fifi savait désormais que pour exister à nouveau il fallait survivre à des choix impossibles, pardonner à l'impardonnable, regarder en face l'obscurité, notre obscurité et l'aimer malgré tout parce que la véritable lumière réside dans cette obscurité-là !

— Je lui avais déjà pardonné à lui parce que je l'aime quand même…mais qu'il dit qu'il n'y peut rien…qu'il ne peut s'en empêcher, sanglota Gabriela.

— Ce n'était pas ta faute !

— Ta mère…elle n'est pas revenue m'aider…je pensais qu'elle m'avait abandonné et je te haïssais encore plus…pardonne-moi aussi !

— J'te pardonne Gabriela ! J'te pardonne !

Fati Elfa

— Alors j'ai continué à survivre…dans cette bulle puis j'effaçais tout ça de ma mémoire jusqu'à ce que ça recommence...

Gabriela se recroquevilla un peu plus telle une bête blessée, elle prenait petit à petit conscience de ce qu'elle s'était fait endurer à elle-même. Les scarifications, ses tentatives de suicides, sa méchanceté, tout ça pour essayer de se supprimer alors qu'elle devait se sauver elle-même ! Elle resta ainsi un long moment puis d'un revers de manche essuya ses larmes et comme dans un dernier souffle de vie, elle clama haut et fort :

— Je voulais être aimée par lui mais pas comme ça ! J'ai cru que c'était à cause de moi ! C'est vrai, ce n'était pas ma faute !

Une lumière intense d'un vert émeraude éblouissant, jaillit de leurs deux cœurs pour ne former plus qu'un faisceau de lumière montant directement vers le dôme. Les deux petites filles se mirent à flotter à l'intérieur de leurs bulles puis une lumière rouge orangé encercla leurs corps qui flottaient, cette lumière était si intense qu'elle ressemblait à un brasier ! Cette énergie de feu consuma tout sur son passage à commencer par les geôles qui les emprisonnaient depuis trop longtemps et dont les parois épaisses commençaient à se fissurer ! Une prison qu'elles s'étaient construit elles-mêmes, une prison, dont elles étaient en réalité libres, libres

Je te vois d'ici...

de partir depuis le début encore fallait-il qu'elles le sachent et qu'elles se le permettent.

Adam et Lynette avaient parcouru des milliers de kilomètres sur cette étrange planète au dôme cristallin sans pouvoir retrouver leur amie. Ils continuaient à survoler ces millions de bulles avec pour nouveau compagnon le désespoir. Le paysage était d'une beauté surnaturelle, les gigantesques plantes vertes et grimpantes recouvraient cette planète jusqu'au ciel arrondi. On pouvait voir les plantes bouger et recouvrir le dôme de leurs larges feuilles veineuses, elles semblaient ne vouloir laisser aucune porte de sortie aux bulles. Soudain une intense lumière rouge embrasa tout le dôme, elle venait de plus bas.

— Regarde cette lumière ! cria Adam, agrippé sur le dos de Lynette.

— Je suis sûr que c'est elle ! poursuit-il en laissant éclater sa joie.

Lynette se dirigea vers cet appel de lumière qui se reflétait dans tout le dôme ! Mais plus ils s'approchèrent des bulles plus il était difficile de se frayer un passage tant elles étaient nombreuses et s'agglutinaient. Ils avaient tous deux la conviction que cette magnifique lumière émanait de Fifi, ça ne pouvait être qu'elle ! Il devenait plus que certain que se frayer un chemin ne serait pas chose aisée. En effet, les milliers de bulles qui stagnaient ici étaient

Fati Elfa

si collées les unes aux autres qu'il devenait quasi impossible de s'en approcher plus.

— Il faut que je descende plus près ! cria Adam bien déterminé à sauver son amie.

Un vent puissant se souleva, accompagné d'un bruit assourdissant les empêchait presque de s'entendre penser.

— Non ! Tu ne pourras plus remonter, je ne pourrai pas venir te chercher ! Puis on ne sait même pas ce qu'il y a sous toutes ces bulles, on n'y voit rien ! hurla-t-elle tandis que le vent sifflait dans leurs oreilles.

Les bulles commençaient à s'agglutiner les unes aux autres, formant de grands tas, il devenait vraiment très dangereux de se glisser entre elles. Ils s'approchèrent le plus possible des bulles, tentant de se frayer un chemin mais un tas de bulles menaçait de les engloutir, il devenait vraiment périlleux de rester si bas. Adam et Fifi n'eurent d'autres choix que de reprendre de l'altitude, il en allait de leur sécurité. Il fallait surplomber le paysage pour mieux ré évaluer la situation. A cet instant leur espoir vacilla mais l'Ange Leuviah leur apparut soudainement :

— Vous pouvez changer la réalité car elle se modifie selon votre angle de vue, selon votre perception…

Je te vois d'ici...

Adam et Lynette se retrouvèrent instantanément aux pieds d'une gigantesque montagne.

- Mais qu'est-ce qu'on fout là ?!

- Je veux juste vous faire comprendre quelque chose… Est-ce que vous pouvez grimper jusqu'au sommet à partir de là ? leur demanda Leuviah.

- Non, c'est impossible de grimper jusqu'au sommet, la paroi est beaucoup trop raide ! répondit Adam.

Puis ils se retrouvèrent à nouveau instantanément de l'autre côté de cette même montagne.

- Et par là ? Est-ce possible ? leur demanda à nouveau l'ange.

- Euh… oui, de ce côté ça à l'air plus facile… il y a quelques points d'accroches et la paroi est beaucoup moins raide que de l'autre côté.

- Alors tu vois ? Tu comprends ? Changer sa façon de voir les choses offre des possibilités insoupçonnées...

Fati Elfa

— Les plantes grimpantes, il faut utiliser les plantes grimpantes ! s'écria Adam.

— Quoi ? De quoi parles-tu ? demanda Lynette.

— Mais de la planète des bulles ! Là où ils sont tous emprisonnés ! Là où Fifi est emprisonnée !

— Tu crois qu'elles seront assez solides pour nous permettre d'y grimper ?! demanda Lynette l'air inquiet.

— Je ne sais pas ! Mais il faut essayer ! Et si elles montent jusqu'au dôme c'est que leurs racines sont en bas ! On pourra les suivre comme le fil d'Ariane !

— Si elles grimpent ainsi vers le dôme c'est qu'elles ont besoin de lumière qu'elles ne trouvent pas en bas ! ajouta Lynette.

— Mais elles montent vers le dôme, comment les faire redescendre ?

— Avec ma corne ! Il suffit que je descende un peu plus bas et que je diffuse la lumière vers le sol et lorsqu'elles verront ma lumière, elles redescendront aussi, c'est alors

Je te vois d'ici...

qu' on s'accrochera à elles, elles nous frayeront ainsi un chemin pour que nous puissions aller chercher Fifi.

Lynette se redressa sur ses deux pattes arrière et ferma les yeux, elle prit une longue et profonde inspiration, Adam ne l'avait encore jamais vu aussi concentrée. Elle semblait chercher en elle la plus grande force et le plus grand amour pour pouvoir faire émaner d'elle la plus grande des lumières. Une lumière éclatante finit par jaillir de sa corne, elle la dirigea vers le bas, là où toutes les bulles s'agglutinaient. La lumière s'intensifia lorsqu'Adam prit l'une des pattes de Lynette qu'il étreignit contre son cœur pour rajouter encore plus d'amour pour plus de lumière. Les plantes grimpantes semblèrent réagir, depuis le dôme certaines d'entre elles tels de serpents se glissèrent vers le sol pour se nourrir de cette lumière dont elles avaient tant besoin. C'est ainsi qu'elles se prosternèrent au sol de toute leur longueur et dispersèrent ainsi les amas de bulles agglutinées, ce qui eût pour effet de laisser un espace d'atterrissage à Lynette et Adam. Ils se posèrent à côté des bulles d'où émanait la lumière rouge qu'ils avaient vu tout à l'heure lorsqu'ils étaient encore près du dôme ! Les plantes grimpantes s'enroulèrent autour des bulles qui avaient encore un peu de lumière à l'intérieur et firent pression jusqu'à les faire éclater ainsi seuls les enfants qui étaient dans les bulles encore éclairées purent être libérés. Ce fut aussi le cas de Gabriela et de Fifi, cette lumière ne pouvait exister sans amour et sans pardon. C'est ce qu'ils venaient de tous comprendre à cet instant. Le dôme se fendit en deux comme la mer le fit devant Moïse, c'était comme fuir l'esclavage de la culpabilité et le pardon était leur bâton de pèlerin ! Mais la joie fut de courte durée car des tentacules visqueux

Fati Elfa

saisirent à nouveau les pauvres filles qui venaient à peine d'être libérées !

— Non ! hurla Adam de toutes ses forces.

Pas maintenant ! pensa -t-il désespéré.

Pas après tout ce qu'ils venaient d'endurer et maintenant qu'ils les avaient enfin retrouvées, il fallait qu'Amnèse réapparaisse !

— Laisse-les ! Elles sont sauvées maintenant, laisse Amnèse les ramener là où elles devraient être maintenant ! lui susurra une petite voix.

Une petite forme virevoltait à côté d'eux, c'était le petit ange Leuviah qui était revenu auprès d'eux. Amnèse s'en allait encore traversant les espace-temps à la vitesse de la lumière alors qu'il tenait entre ses tentacules visqueux les deux jeunes filles qui s'étaient à nouveau endormies. Il finit par atterrir sur la planète de Fifi, il la déposa délicatement sur la plus haute des buttes qu'il trouva, celle où elle était apparue pour la première fois. Elle était toujours inconsciente mais au moment où il allait s'en aller, elle ouvrit les yeux.

— Attends !

Je te vois d'ici…

Amnèse était sur le point de partir puis il hésita un instant avant de se retourner vers elle. Le géant resta un moment, immobile, la fixant des yeux même s'ils étaient cachés derrière cet étrange casque. Ses tentacules visqueux commencèrent à relever lentement son casque, un casque fait d'une matière lisse, argentée et très brillante. La matière dont il était fabriqué était inconnue sur Terre mais elle ressemblait néanmoins à celle dont sont faites les cornes des animaux fantastiques qui peuplent ces univers. Le temps sembla interminable à Fifi avant que le visage d'Amnèse ne soit complètement découvert, la jeune fille cessa de respirer, elle venait de reconnaître le visage de sa mère ! Ses magnifiques yeux noirs semblaient transpercer les siens, elle voyait son propre reflet dans les pupilles noir ébène de sa mère.

— Maman ? dit Fifi, tentant de se relever.
— Pardonne-moi ma chérie…ce n'était pas ta faute mais mon choix …je t'aime ! Ne t'abandonne jamais tu entends ! résonna la voix de sa mère.

— J'ai peur de me perdre sans toi maman ! Avant tu me consolais, maintenant je pleure toute seule…tu me manques tellement maman ! dit Fifi en sanglotant.

— Je suis encore en toi et toi tu es plus forte que moi, tu dois faire les meilleurs choix pour toi ! Moi j'ai scellé mon sort avec ce qui m'est arrivé… Et les bulles ont fini par me tuer…Mr Drumonds savait…il allait m'aider à sortir tout

Fati Elfa

ça mais il est parti et je n'ai plus eu la force…ni pour moi, ni pour toi ni pour Gabriela…pardonne moi…

— Maman reviens s'il te plaît ! Je t'aiderai à pardonner ! C'est comme ça qu'on sort des bulles ! Il faut que tu sortes de ta bulle maman ! supplia-t-elle en cherchant le regard de sa mère.

— Mais je ne suis plus dans ma bulle ma chérie, j'y suis restée toute ma vie et j'ai décidé de la rendre.

— Rendre quoi ?

— Rendre ma vie dit-elle en souriant.

— Je n'ai pu trouver un sens à ma souffrance mais toi tu peux les y aider, ne t'inquiète pas pour moi ce n'était pas une fin mais une nouvelle chance poursuivit-elle.

- Maman... non…Alors moi aussi je veux la rendre si on peut tout recommencer ! s'écria Fifi le visage mouillé de larmes.
- Non surtout pas ma fille ! Ne commets pas la même erreur que moi ! Si tu la rends alors ton âme n'aura rien compris et tu revivras encore et toujours les mêmes épreuves !

Je te vois d'ici...

- C'est trop dur sans toi maman ! J'peux pas...

— Tu n'as pas besoin de moi, tu n'as pas besoin de tout recommencer pour changer ta réalité !

Fifi se releva et voulut se jeter dans ses bras mais le corps répugnant du monstre l'en empêchait. Elle faisait un pas en avant puis un en arrière, terrassée par cette cruauté de revoir enfin sa mère et de ne pouvoir l'approcher !

— Apprends- leur que le plus important n'est pas ce qu'il leur arrive mais ce qu'ils en font...moi je n'ai pas su.

— Je te promets... que je le ferai maman, dit Fifi en séchant ses larmes.

Un sourire illumina le visage d'Amnèse, c'était le magnifique sourire de sa mère, un sourire aussi beau que ceux qu'elle lui avait offert de son vivant mais celui-ci avait quelque chose de différent...Celui-ci était vrai.

— Brille au milieu des cailloux et transforme-les ! Ne rends pas ta vie ! Va vers demain ma fille !

— Maman...

Fati Elfa

— Tu y arriveras je le sais ! Je te vois d'ici ! dit-elle avant de bondir vers le ciel et de disparaître.

Fifi aurait voulu se jeter dans ses bras et la serrer le plus fort possible contre son cœur, elle l'avait tant aimé en si peu de temps. Fifi venait de laisser la vérité exploser devant elle, pour la première fois elle n'essaya pas de l'occulter, elle la regardait en face. Elle avait cru tout ce temps que si elle l'ignorait assez longtemps, elle finirait par être heureuse, elle finirait par voir réapparaître sa mère ! Désormais le deuil pouvait enfin commencer car en définitif celui-ci n'était rien d'autre qu'un long chemin de retour vers la vie. Soudain, un gigantesque vortex se forma au-dessus d'elle, on aurait dit un ensemble de nuages enroulés en spirale qui se déchaînaient et tourbillonnaient, là, juste au-dessus de sa tête.

Dans la planète des bulles où étaient encore Lynette et Adam, se forma aussi un vortex qui les extirpa de ce lieu pour finir par les expulser dans l'espace ! Plus ils s'éloignaient de la planète des bulles plus ils constataient que celle-ci ressemblait, avec son dôme en verre, au ventre rebondi d'une future mère ! Pendant ce temps-là dans l'autre vortex, Fifi tournoyait telle une feuille d'automne prisonnière du Mistral. Elle tournait de plus en plus vite tandis que des images s'imposaient dans sa tête. Ces images étaient tellement intenses qu'elles explosèrent en mille morceaux dans sa tête ! Elle se retrouva simultanément dans un pays enneigé puis dans une maison où elle entendait des cris de femme puis des cris de bébé, cette femme venait d'accoucher ! Le visage encore marqué par la douleur de l'accouchement, la femme accueillit avec

Je te vois d'ici...

émotion son nouveau-né, c'était une belle petite fille au teint laiteux mais Fifi, elle, savait qu'il s'agissait du petit Abdi, le petit garçon mort de faim et qu'elle avait vu emporté par la lumière ! Elle se retrouva en même temps dans un autre pays peuplé de minarets où elle vit naître une petite fille au teint caramel mais Fifi, elle savait encore qu'il s'agissait de la petite Sarah ! Elle se retrouva ensuite dans une synagogue où un nouveau-né recevait son nom, c'était le petit Harun ! Mais ce qu'elle vit ensuite la bouleversa à jamais… Elle se retrouva dans un paysage peuplé de baobab et de crépuscules dorés où elle vit naître un petit garçon aux yeux noirs de jais dont elle reconnut le regard ! Elle l'aurait reconnu entre mille, c'était le regard de sa mère ! C'était l'âme de sa mère ! Ainsi était-il possible de tout recommencer ailleurs ?! D'avoir une nouvelle chance comme le lui avait dit sa mère ? Finalement ne voyait-on pas que ce que l'on croyait ?

Fati Elfa

CHAPITRE XIV

La résilience

Soudain le silence ! Puis s'ensuivit un assourdissant son aigu, un son si fort qu'elle en eut des douleurs à la tête. Le son et les images disparurent de sa tête aussi rapidement qu'ils étaient apparus, elle était à nouveau à l'endroit même où la passation aurait dû se faire, juste avant qu'elle ne soit enlevée par Amnèse. Elle était à nouveau entourée d'une horde d'ange, la même qu'avant son enlèvement par Amnèse.

— Ça suffit maintenant ! Je veux rentrer chez moi !

— Mais tu es partout chez toi, répondirent-ils à l'unisson.

— Je sais, mais maintenant je dois rentrer chez moi, j'ai des choses à régler.

— Oui, nous savons et c'est pour cela que nous te laissons partir.

Je te vois d'ici...

— Et les autres ? Les enfants des bulles ?

— Ces enfants resteront prisonniers tant qu'ils seront dans le déni et qu'ils ne se pardonneront pas, tu le sais…

— Et Abdi, Sarah, Harun, ma mère ?

— Tu les as vu renaître non ?

— Oui mais ils sont morts en vrai…

— Redoutes-tu encore la mort après tout ce que tu viens de voir ?

— Non…et les enfants des bulles lorsqu'ils grandiront…

— La plupart des enfants que tu as vu dans ces planètes et même ceux dans les bulles étaient en réalité presque tous des adultes, c'était l'enfant qu'ils étaient et qu'ils sont toujours qui est dans ces bulles.

— As-tu bien compris ? Désires-tu toujours devenir la Gardienne de ces univers ?

Fati Elfa

— Oui j'ai compris, ceux qui meurt renaîtront dans une autre vie et ceux qui sont emportés par Amnèse dans les bulles vivront mal et à moitié…sauf si…

— Le pardon…Apprends leur le pardon…

Soudain l'ange Leuviah sortit du cercle qu'il formait avec les anges, prit les mains de l'enfant et lui dit d'un air solennel :

— Ce ne sera pas facile, parce que lorsqu'ils sont dans leurs planètes et surtout dans leurs bulles, ils ne veulent pas se réveiller, il faudra faire preuve de persévérance !

— Tu es prête maintenant, nous savons à présent que tu as compris et que tu vivras vraiment une belle vie ! lui dit Lynette.

— Ma fidèle amie te revoilà !

— Tu n'es pas seule, tu ne l'as jamais été…j'te l'avais dit ! lança Adam avant de prendre Fifi dans ses bras.

Une douce chaleur réchauffa son cœur puis son corps tout entier, elle sentait l'amour grandir en elle, un amour inconditionnel pour

Je te vois d'ici...

elle-même, pour tous ces enfants et surtout pour la vie ! Elle ne craignit plus l'obscurité, son obscurité était devenue éblouissante de lumière !

Fati Elfa

CHAPITRE XV

Je les vois tous

Comment avait-elle pu ne pas le voir ?!

Comment n'avait-elle pu comprendre cela avant ? Le ciel de la planète de Fifi qui s'était assombri depuis son départ revêtit alors sa plus belle parure. Des explosions de poussières d'étoiles brillantes et lumineuses accompagnées de couleurs, qu'il était impossible de décrire avec des mots d'humains, envahirent le ciel puis laissèrent place à des scènes de vies comme dans un cinéma en plein air, ainsi la jeune fille continuait à les voir, à voir tous ces enfants. Il y avait là, un petit garçon à la peau foncé, habillé d'une tunique beige jaunâtre tant elle était usée, il semblait s'atteler à une tâche. Ses petites mains s'activaient sans relâche autour d'objets qui défilaient devant lui sur un tapis roulant. Il prenait un petit bout de quelque chose qu'il collait sur les objets qui défilaient devant lui, répétant ainsi inlassablement toujours et encore le même geste. L'image zooma désormais sur son visage, le petit garçon avait l'air si fatigué. Quelques fois, pris par des crampes aux poignets il se mettait à ralentir mais aussitôt une grosse voix s'élevait qui le faisait tressaillir. Les joues rougies, il reprenait le rythme effréné qui le faisait s'avachir au-dessus du tapis infernal.

Je te vois d'ici...

L'image se dézooma et cette fois-ci on y voyait tout l'environnement dans lequel était le petit garçon.

Il n'était pas seul, il y avait à ses côtés plusieurs autres enfants et très jeunes adolescents, ils devaient être plusieurs dizaines dans ce qui semblait être un atelier de fabrication, délabré. En effet, le petit garçon semblait avoir tout aux plus dix ans et les plus âgés pas plus de douze ans. Tout le long du tapis roulant il y avait des enfants postés de part et d'autre de celui-ci. Une forte odeur de colle, peinture et autres produits chimiques en tout genre leur faisaient parfois tourner la tête. La scène se décala sur un autre petit atelier attenant à celui-ci. Dans cet atelier, il n'y avait que des adultes qui travaillaient sur les mélanges de colles et de peintures. Ils étaient tous assis sur une toile de jute posée à même le sol et comme les enfants s'attelaient à leur tâches, surveillés par deux gardes ; en guise de masque, ils avaient tous enroulé autour de leurs nez et bouche un lambeau de tissu. Des ballons ! C'étaient des ballons de foot colorés d'orange et dégonflés qui défilaient devant eux et sur lesquels le petit garçon et les autres devaient coller aussi rapidement que possible des petits bouts de panneaux au sigle mondialement connu ! En amont du tapis il y avait d'autres enfants à peine plus âgés que le petit garçon qui étaient quant à eux accroupis sur un tabouret bas, serrant entre leurs genoux une pince en bois qui maintenait deux pièces à assujettir. Leurs petites mains d'enfants étaient sales, toute la journée ils répétaient toujours et encore les mêmes gestes, comme ceux de percer un trou sur une pièce en cuir à l'aide d'une grosse aiguille puis de croiser dans cet orifice les deux extrémités d'un fil au bout de deux pointes plus fines. Une fois les demi-sphères achevées, ils les réunissaient puis d'autres enfants reprenaient la suite de la chaîne

Fati Elfa

de fabrication en y apposant le dernier panneau et en retournant le ballon à l'endroit pour le sceller de l'extérieur. A raison de sept à huit heures par jours ces enfants travaillaient sans relâche, ils n'avaient droit à la pause que pour le déjeuner qui durait trente-cinq minutes pas une de plus. Des gardes, cravache en main veillaient à la bonne capacité de rendement. Un des plus jeunes garçons demandait à aller aux toilettes quand l'un des gardes le cravacha aux jambes, les gardes n'avaient pas le droit de cravacher au niveau des mains pour ne pas abîmer les outils nécessaires au rendement. Le petit garçon, tremblant, repris place sur son tabouret bas et l'instant d'après ils virent de l'urine couler le long de ses jambes menues, ses petits pieds enfoncés dans de trop grandes claquettes finirent d'accueillir le reste d'urine. Le petit garçon continua à coudre, terrifié par le risque de se prendre un autre coup de cravache. Pendant la pause déjeuner, certains s'assoupissait tout en mangeant, d'autres couchaient sur le flanc parlaient entre eux. Le petit garçon à la tunique jaunâtre, lui, partait s'abriter sous une vieille hutte en bois isolée du reste de l'atelier. Une fois à l'intérieur il y fermait les yeux et partait dans son monde. D'autres en fin de chaîne s'occuper de la finition, ils essuyaient et lustraient les beaux ballons orange fluo. Un ballon, qui pour tous ces enfants-là n'était rien de plus que des panneaux à monter, du fil synthétique à coudre et de la colle qui brûlait les doigts. Un ballon qui représentait quelques roupies de nourritures pour eux et leurs familles. Lorsque la nuit commençait à tomber tous les enfants étaient mis dehors fiça tandis que certains adultes pouvaient continuer le travail une partie de la nuit, éclairés par une petite lampe à huile. Dès la fin du travail la plupart des enfants

Je te vois d'ici...

partaient en courant de l'atelier tant la hâte était grande de retrouver leurs familles. Ils se regroupaient tous à quelques mètres de l'atelier car bien souvent toute la famille y travaillait, il y avait parfois des fratries entières ainsi que les parents. Puis ils rentraient tous ensemble au village, traversant un petit vallon verdoyant où d'anciennes rizières avaient été planté jadis. Ils habitaient tous Pakisha, un village de deux mille habitants que l'on ne peut rejoindre que par des chemins de terre sinuant à travers les rizières et les champs de pommes de terre. Cela leur faisait un bien fou de respirer l'air frais de l'extérieur surtout après avoir passé huit heures, enfermés dans un atelier toxique. Ils traversèrent à pied des champs de pommes de terre, ici, l'agriculture ne permettait plus de survivre, dans chaque foyer, la fabrication des ballons offrait un revenu indispensable pour leur survie. Quelle ironie de voir des enfants qui n'avaient jamais pu jouer avec un ballon les fabriquer toute la journée ! Ces pauvres enfants rentraient épuisé après leur journée de travail, à peine avaient-ils mangé qu'ils s'effondraient de fatigue. Après le dîner, pendant que tout le monde dans la maisonnée dormait, le petit garçon prit un petit carnet qu'il avait glissé dans un baluchon, il se mit à le feuilleter lentement. Il saisit ensuite un petit bout de crayon usé avec lequel il écrivit **MANI**.

— C'est Mani ! s'écria Fifi, c'est le premier petit garçon qu'on a rencontré sur sa planète !

— Oui ! C'est pour cela qu'il vient sur sa planète, répondit Lynette la voix pleine de tristesse.

Fati Elfa

Ils voyaient le petit Mani essayait de lire et d'écrire sur ce petit calepin alors que ses yeux se fermaient de fatigue. Il aurait aimé continuer d'aller à l'école mais depuis deux ans, lui, son frère jumeau ainsi que leur mère devaient travailler dans cet horrible atelier. Leur père était tombé gravement malade et ne pouvait plus subvenir aux besoins de sa famille. Fort heureusement, une sous-traitance d'une firme internationale avait été leur « salut », tout ça en échange de leur enfance.

Elle savait, elle avait toujours su que ce monde existait, en effet le monde était en elle comme il est en chacun d'entre nous, un monde qu'il ne tient qu'à nous de remplir d'amour pour soi et de réels pardons qui, seuls, permettent une vie pleine et entière, une vraie vie ! La jeune fille n'eut plus besoin de parler, une auréole de lumière émana d'elle, cette lumière était si intense qu'elle en éblouit tout cet univers. Elle voyait à présent tout, savait tout et ressentait tout, c'était comme si elle était partout à la fois, ici et là-bas, omnisciente et consciente. Elle savait que si elle avait réussi à sortir de sa bulle c'était parce qu'elle avait enfin accepté la mort de ses parents, pardonné qu'ils l'aient laissée seule mais qu'elle avait surtout réussi à se pardonner à elle-même de les avoir abandonnés. Elle savait que si Gabriela, elle, et peut être un tas d'autres enfants avaient réussi à sortir de ces bulles, c'était seulement grâce au pardon, un pardon avant tout pour eux-mêmes. Les autres qui étaient encore prisonniers dans leur bulle et qui étaient à moitié vivants avaient en réalité décidé de se couper de leurs émotions pour survivre et non plus vivre, ils avaient, eux aussi, d'une

Je te vois d'ici...

certaine manière rendu leur vie. Si elle pouvait leur faire comprendre avec cette petite voix qui vient du fond de l'âme que la peine et la colère n'étaient là que pour leur monter que ce n'était pas de cette vie-là qu'ils voulaient alors elle aurait déjà réussi la moitié de sa mission. Elle avait compris sa mission, sa présence dans tous ces univers et planètes, elle serait la petite voix.

Elle pouvait dire à chaque enfant, à chaque adulte ainsi qu'à elle-même :

— Je te vois d'ici !

Les yeux mi-clos, elle voyait simultanément, la vie, les épreuves, la souffrance mais aussi les joies et les bonheurs de chaque enfant. Elle comprit que se cacher ou s'effacer ne menait pas au bonheur mais que c'était en s'aimant véritablement que l'on prenait sa place, que l'on atteignait le bonheur en toute circonstance. Finalement la peur et la tristesse n'étaient pas des ennemis mais plutôt des amis qui nous indiquaient que ce n'était pas ce que l'on voulait vivre. Derrière ses paupières closes, la jeune fille eut un aperçu de cet univers infini qui abritait des millions de planètes dont elle connaissait désormais chaque hôte, chaque histoire et chaque pardon à donner... Fifi était partout à la fois dans des réalités et des mondes parallèles et coexistant, des suites de vies avec encore et toujours le même but l'amour pour soi-même. Les corps et les cœurs pouvaient être meurtris mais l'âme, elle, devait rester intacte, c'est à cela qu'il fallait veiller, ces planètes étaient le refuge de toutes ces âmes. Fifi était désormais la gardienne de cet univers

Fati Elfa

où tout était possible, le penser suffisait à le créer, le croire suffisait à le voir ! Des tas d'aventures l'attendaient encore, il y avait encore des milliards d'êtres à réveiller, à accompagner et à libérer. Ces mondes dont elle était désormais gardienne étaient comme une intersection qui était décisive pour tous les enfants et les adultes qu'ils allaient devenir. Il fallait leur faire comprendre par l'amour que ce n'était pas eux qui étaient dans le monde mais le monde qui était en eux ! Il fallait leur faire prendre conscience du choix qui s'imposait à eux : la résilience et la vie ou l'amnésie et une vie morte, la clé de leur liberté résidait en eux. Tous ces adultes et enfants qui sourient pour se forcer à faire semblant de vivre, qui sourient pour escroquer leur envie de partir, qui sourient toute leur vie à en crever ! Elle voyait des adultes qui dansaient, mangeaient, buvaient, riaient même, mais qui étaient brisés à l'intérieur, brisés par des regrets, brisés par la honte de soi, brisés par la culpabilité, brisés par leurs choix, des adultes désorientés, se méprisant eux-mêmes tout en faisant paraître le contraire, acceptant des miettes pour s'auto punir, tout en n'y comprenant rien, rejetant avec rage la faute sur les autres, se pensant victime alors qu'en réalité ils étaient leur propre bourreau ! La résilience c'était survivre à ces violences, empêcher le mal d'avoir un lendemain ! Mais en définitif, il n'y a pas de plus grande violence que d'aller fouiller en soi pour se porter secours ! Sa mission : rendre cette petite voix au fond d'eux plus grande, leur apprendre à l'écouter et comprendre que l'important ce n'est pas ce qui nous arrive mais ce que nous en faisons encore et toujours. Tous ces adultes étaient encore dans ces bulles, ne s'autorisant pas le bonheur à cause de cette culpabilité, ce bout de cœur perdu, ce désamour pour soi. Elle

Je te vois d'ici...

venait de comprendre que même avec un bout de cœur perdu on pouvait continuer à vivre, à aimer et à s'aimer.

Fati Elfa

CHAPITRE XVI

Est-ce ça ? La liberté ?

Des cris de bête résonnaient mais ils ne provenaient pas d'un animal, c'étaient les hurlements de douleurs du père de la jeune Gabriela. Plus ils s'éloignaient de la cabane, plus les cris du père continuaient de résonner dans leurs têtes. Ils coururent ainsi longtemps à travers la forêt puis épuisés ils s'arrêtèrent pour tenter de reprendre leurs souffles. Adam observa Fifi qui grimpait sur la dépouille d'un énorme tronc d'arbre, certainement abattu par la foudre des derniers jours. La jeune fille resta debout sur le tronc, elle les surplombait en silence. On aurait dit un de ces grands maîtres orateurs près à discourir devant une foule venue l'écouter.

— Mes amis…se lança-t-elle, non sans une certaine gêne.

— Je suis là Fifi, on est là dit Adam qui la regardait avec tendresse.

— Ma mère est morte. Je le savais et j'ai tout fait pour le nier parce que c'était trop dure…et qu'en disant rien cela n'existerait pas. Elle s'est suicidée et moi je l'ai trouvée

Je te vois d'ici...

puis cachée... à vous, à moi-même, à tout l'monde...et moi aussi j'ai essayé de me suicider, ajouta-t-elle en regardant Gabriela.

— Je me suis retrouvée dans une prison, celle du déni...

— Nous l'avons tous été...continua Gabriela les yeux larmoyants.

— Mais nous sommes libres désormais !

La nuit allait bientôt tomber, les jeunes gens décidèrent d'allumer un feu et de patienter jusqu'au lendemain. Gabriela et Adam finirent par s'endormirent d'épuisement, Fifi ne trouva pas tout de suite le sommeil, elle repensait à tous ce qu'elle venait de vivre. Plus tard dans la nuit elle se réveilla après avoir réussi à dormir un peu, le feu était toujours là mais elle remarqua qu'Adam n'était plus couché à côté d'elle, elle se leva pour le chercher.

— Ah, tu es là qu'est-ce qu'il y a ?

— Je n'arrive pas à dormir.

— Je comprends, il s'est passé tellement de chose...comment dormir après tout ça ?

Fati Elfa

— Mais ce n'est pas à cause de ça que j'n'arrive pas à dormir.

Adam s'approcha de la jeune fille :

— Tu es tellement belle…tu as compris beaucoup de choses Fifi mais tu n'as pas compris ça.

Adam prit son visage entre ses mains et caressa sa joue d'un pouce, il plongea timidement son regard dans le sien, il semblait mener un combat intérieur, il hésita mais finit par dire :

— Je t'aime Fifi.

Le cœur de la jeune fille battit si vite qu'elle crut un instant qu'il allait bondir hors de son corps.

— Moi aussi…moi aussi je t'aime bégaya-t-elle.

Adam eut un soupir de soulagement et d'une main tremblante il releva légèrement le menton de la jeune fille. Leurs lèvres s'approchèrent l'une de l'autre, leurs souffles s'entremêlaient pour finir par un long et doux baiser. Leurs lèvres scellées s'embrassèrent avec la délicatesse des premiers baisers maladroits et tâtonnants, ceux dont on se rappelle toute une vie.

Je te vois d'ici...

Le lendemain matin, après avoir poursuivi une longue marche, ils entrevirent enfin une route qu'ils suivirent jusqu'à la station-service du vieil Harold, une vieille station-service qui se trouvait à la sortie de la ville.

— Attendez-moi là ! lança-t-elle calmement.

Elle leur lança un dernier regard plein de détermination avant de se diriger d'un pas décidé vers la boutique de la station.

— Elle fait quoi là ? demanda Gabriela.

— Elle fait ce qu'elle a à faire…Comme nous tous je crois, répondit Adam avec sérénité.

Gabriela poussa un soupir avant de fermer les yeux quelques secondes.

— Alors je sais ce que j'ai à faire moi aussi ! dit-elle en partant à son tour.

Fifi était sur le point de raccrocher le combiné lorsqu'elle vit Gabriela à ses côtés. Leur regard se croisa, le temps sembla se figer puis Gabriela saisit le combiné que lui tendait Fifi.

Fati Elfa

- Allo, Allo ? Vous êtes toujours en ligne avec le poste de police…

Dans la remise, assise près de sa mère.

Fifi les emmena dans la remise, cet endroit qu'elle avait tant de fois parfumé avec les flacons volés dans le magasin. Il y avait toujours ce corbeau dont les croassements lui rappelaient sans cesse ce qu'elle avait tenté d'oublier. Le sol de la remise n'avait jamais été bétonné, une chance pour ainsi dire car la jeune fille avait dû finir par enterrer le corps de sa mère, les parfums n'y pouvant plus rien.

— Ma mère est là…elle a fini par la rendre.

— Rendre quoi ?

— Rendre sa vie comme elle dit.

— Elle a toujours été là et comme je vous l'ai dit je l'ai toujours su…enfin… par moment.

Je te vois d'ici...

Gabriela restait incrédule, son regard allait de Fifi à la tombe puis de la tombe à Fifi. Adam, lui, n'eut d'autres réponses que celles de prendre la main de la jeune fille et de la serrer fort dans la sienne. Adam avait vu Fifi évoluer, changer, il l'avait connu complètement dans le déni, refusant jusqu'à rechercher sa mère puis il l'avait vu petit à petit avancer vers l'acceptation d'une vérité certes cruelle mais néanmoins salvatrice. Elle s'était transformée au milieu d'une tempête, vacillant entre conscience et inconscience, entre déni et raison. Comme les autres, elle s'était enfermée dans une bulle pour survivre mais dans la peine et la solitude.

> — Pardon maman…moi je viens de me pardonner… j'irai vers demain maman, j't'e le promets dit-elle en direction de la tombe qu'elle avait creusé seule, de ses propres mains.

Adam et Gabriela l'enlacèrent tandis qu'elle pleurait non plus de chagrin mais de joie d'avoir enfin compris, ils venaient de traverser le pire mais aussi le meilleur pour eux, c'était vraiment cela devenir chrysalide. A cet instant précis, leur âme se souvenait de l'autre monde, ils entendaient cette petite voix, la fameuse petite voix qu'on choisit d'écouter ou pas. Une petite voix qui tire ses origines de cet autre monde, un monde qui est en chacun d'entre nous, une voix qu'on choisit d'entendre en tendant seulement un peu l'oreille ou plutôt le cœur. Si Gabriela et Fifi ne s'étaient pardonnées et n'avaient pu pardonner alors seraient-elles encore dans ces bulles ? Comme ceux qui y sont toujours ? Mais alors si certains n'arrivaient à se pardonner alors pouvaient-ils y rester jusqu'à la fin de leur vie ? Comme sa mère et tant d'autres ? La petite voix

Fati Elfa

répondit à leur âme en diffusant dans leur tête des scènes de vie comme cela était arrivé dans les bulles mais cette fois-ci elles virent des adultes qui étaient devenus ce qu'ils n'auraient pas dû être ; des adultes aux pensées et aux comportements autodestructeurs et destructeurs.

Ils virent un petit enfant entouré de violences, d'infâmes violences, enfermé et sanglotant seul durant des heures. Gabriela reconnut la cicatrice sur le bras du petit garçon, c'était la même que celle de son père. Ils virent aussi tous les autres prisonniers des bulles trop vides pour mettre fin à des douleurs générationnelles et pire encore en les perpétuant. Ces pauvres prisonniers étaient trop vides pour s'aimer et trop vides pour aimer !

Pouvait-on leur pardonner à eux aussi ? A ceux qui avaient fait le choix de réitérer ce qu'on leur avait fait endurer, ces choses-là n'étaient certes pas contagieuses mais n'étaient ni plus ni moins qu'un choix. Cela valait-il le coup ? De garder cette colère ardente en soi en échange du refus de pardonner, n'était-ce pas donner plus d'importance à l'autre qu'à soi ? Cela valait-il le coup de se torturer ainsi et de ne vivre qu'à moitié et parfois pas du tout. Cela valait-il le coup de vivre dans le corps de quelqu'un qu'on n'était pas ? Passer toute une vie à ne pas comprendre ses comportements et ses propres agissements. Quelqu'un qui fait du mal à ceux qu'il aime parfois le plus ! Des torturés qui devenaient des tortionnaires…Quelqu'un qui ne comprend pas pourquoi il a si peu d'amitié pour lui-même ? Quelqu'un qui ne se comprend pas, quelqu'un qui se sent foutu ! Personne ne choisirait de faire

Je te vois d'ici…

perdurer ce mal de génération en génération et c'est pourtant ce qu'il se passait parce qu'ils ne savaient pas faire autrement. Ne survivaient-ils pas pour trouver un sens à leur souffrance ? Et pourtant la petite voix ne cessait de leur marteler que la blessure serait la brèche par laquelle la lumière pouvait entrer. Il y avait aussi tous les autres qui avaient par leur refus de pardonner se retrouvaient développer des maladies en tout genre, condamnés à avaler des petites pilules rondes et de toutes les couleurs durant toute leur vie quand d'autres préféraient rendre leur vie de toutes les façons possibles.

L'encastrement, voilà la triste conséquence des pardons refusés et qui se transformaient en barreaux de prisons. Un être qui s'encastrait en nous, parce qu'un autre s'était encastré en lui, qui lui-même avait été encastré par un autre précédemment et ainsi de suite cela pouvait continuer sans fin. Une route pleine de voitures s'encastrant les unes derrières les autres, voilà ce qu'ils étaient de pauvres voitures cabossées incapables de prendre une autre direction. Répétant ce schéma en boucle sans savoir comment l'arrêter. Ceux qui écoutaient la petite voix comprenaient alors que la seule façon d'échapper à ces bulles étaient de devenir pour eux-mêmes la personne la plus importante.

Les deux mondes étaient reliés et coexistaient, l'un ne pouvait exister sans l'autre. Les deux mondes pouvaient être à la fois la cause et la conséquence, le conscient et l'inconscient. Deux mondes reliés ensemble et formant une boucle spatio-temporelle, où chacun des mondes pouvait accoucher de l'autre, deux mondes en son Univers, deux mondes en chaque personne.

Fati Elfa

Près de la tombe, Fifi remarqua sur la terre noire et froide un papillon qui était en train de sortir de son cocon. Les enfants étaient fascinés de voir un être si fragile se débattre ainsi pour déployer ses ailes, il ne voulait pas la rendre, lui, sa vie, il voulait la prendre et même l'empoigner. Ses ailes se défroissèrent et finirent par se déployer, ses couleurs flamboyantes illuminèrent le sol noir. Le papillon ne devait cela qu'à lui-même, qu'à sa rage de vivre. Fifi s'agenouilla pour lui tendre son index sur lequel il grimpa, encore déséquilibré par ses nouvelles ailes encore bien trop lourdes pour lui. Mais il arriverait un jour à faire avec, il finirait par avoir plus de force et s'envoler tout de même malgré le poids de ses ailes. Tandis qu'elle suivait des yeux la marche maladroite du nouveau papillon, elle remarqua un morceau de bâche bleue qui sortait de la terre, juste à côté de l'endroit où elle avait enterré sa mère. Avec une main elle tira dessus et tout un pan de la bâche sortit de terre.

— Aidez-moi, dit-elle en regardant Adam et Gabriela.

Adam et Fifi eurent beaucoup de peine à tirer sur la bâche tant le reste était enseveli sous terre mais ils finirent tout de même par la soulever entièrement et découvrir une grosse valise noire et rigide.

— Putain c'est quoi ça ?! s'écria Adam.

Ils fixèrent un long moment la valise puis d'un air entendu, ils s'accroupirent tous les trois autour de la valise.

Je te vois d'ici...

— Putain qu'c'est lourd ! dit Adam en sortant la valise de son trou.

— Et s'il y avait un corps découpé ou un truc dégouttant ?! s'écria Gabriela horrifiée.

— Tu crois vraiment que ça tiendrait là-dedans ! répondit Adam en lui montrant la valise.

— Et qu'est-ce que t'en sais d'abord ?! rétorqua Gabriela qui commençait à s'affoler.

— C'est pas un corps arrêtez...dit calmement Fifi.

— Désolée Fifi...balbutia Gabriela qui venait de se rendre compte de sa maladresse.

Adam entreprit de l'ouvrir mais celle-ci portait une serrure à combinaison.

— Faudrait trouver les trois chiffres, c'est impossible ! s'écria Gabriela.

Après trois tentatives infructueuses, les enfants s'allongèrent près de la valise tandis que Fifi jouait toujours avec le papillon qui venait de naître.

Fati Elfa

— Essaie le zéro, dit calmement Fifi, qui tenait toujours le papillon, ne le quittant pas des yeux.

— Pff tu crois que c'est un truc aussi facile ! Ce s'rait nul d'avoir mis trois fois zéro quand même ! se moqua Adam.

— Essaie trois fois zéro j'te dis, dit-elle en soufflant délicatement sur les ailes du papillon.

— Et si on la pétait ! lança Gabriela.

— C'est pas nul zéro, c'est le commencement, le point de départ de tout et sans lui rien n'existerait rétorqua Fifi toujours aussi impassible.

— Pour moi c'est même pas un chiffre ! dit-il encore réticent.

Fifi eut un léger petit sourire :

— Ce qui n'est pas là n'est pas du tout absent, dit-elle en regardant la tombe de sa mère.

— Ok je mets les zéros mais j'ai bien peur qu'elle se bloque au bout de certains essaies et…

Je te vois d'ici...

Il n'eut pas le temps de finir sa phrase que le clic d'ouverture retentit ! Ils restèrent silencieux quelques secondes, retenant leur souffle et ne quittant pas des yeux la valise entrouverte. Fifi hésita un instant avant de l'ouvrir complètement, il y avait à l'intérieur un sac de toile jaunit par le temps qu'Adam s'empressa de soulever, lorsque leur apparut un tas de plaques brillantes et dorées, c'étaient des lingots d'or, des tas de lingots d'or ! ! Il y en avait bien pour une bonne vingtaine de lingots d'or d'une forme parfaitement rectangulaire lisse et portant tous l'inscription *Il Tesoro*.

- C'était ça...c'était ça qu'ils voulaient...Il Tesoro !

- Waouh ! s'extasia Adam.

- Comme le nom du restaurant des Mattei ?! Ça veut dire trésor en Italien ! dit Gabriela.

- Ce terrain leur appartenait avant qu'il ne soit subitement légué à mon père...Il Tesoro, répéta Fifi en essuyant avec ses doigts l'un des lingots d'or.

- Mais pourquoi ne sont-ils pas venus le chercher alors ? demanda Adam.

Fati Elfa

— Parce que le terrain fait presqu'un hectare et qu'il ne savait plus où ils l'avaient enterré.

— Et dire qu'il se trouvait pile-poil sous votre remise !

— Et leurs fils ?

— Ils n'étaient pas au courant et au vu de c'que nous a raconté l'homme qu'ils avaient ligoté, les vieux n'avaient aucune confiance en leurs rej'tons !

— Alors c'était pour ça qu'ils vous avaient harcelé comme ça et qu'ils ont… tué ton père ? demanda Adam.

— Mon père est mort d'un cancer et …pour moi ils l'ont tué par la peur et l'inquiétude, dit Fifi qui se détourna de la valise tandis qu'un bruit des gyrophares se rapprochait.

— Fifi ! Il est à toi ce trésor ! s'écria Adam qui remettait la valise dans son trou.

Mais à ce moment-là Fifi n'en avait rien à faire, elle savait, elle sentait qu'il existait quelque chose de plus grand, de plus beau et tel ce papillon elle s'était transformée et elle les aiderait tous à se transformer aussi ! Le papillon poursuivait son ascension sur son

Je te vois d'ici...

bras lorsqu'elle le prit et le déposa délicatement sur son index pour le regarde de plus près :

– Je te vois toi aussi ! lui dit-elle en chuchotant.

Les yeux mi-clos, elle voyait simultanément, la vie, les épreuves, la souffrance mais aussi les joies et les bonheurs de chaque enfant, qu'il le soit ou qu'il l'ait été. Des millions de visages défilèrent derrière ses paupières closes puis elle eut un aperçu de ces univers infinis qui abritaient des millions de planètes dont elle connaissait désormais chaque hôte, chaque histoire et chaque pardon à donner. Fifi était partout à la fois dans des réalités et des mondes parallèles et co-existants, des suites de vies avec encore et toujours le même but, l'amour pour soi-même. Il y avait là tant de possibilités et d'aventures possibles, il suffisait de visiter leur monde, il suffisait de les voir. Elle était désormais la Gardienne de ces Univers où tout était possible, le penser suffisait à le créer. Les corps et les cœurs pouvaient être meurtris mais l'âme, elle, devait rester intacte. C'est à cela qu'il fallait veiller pour être libre, libre d'être ce qu'on aurait dû être depuis le début car au commencement était l'amour.

Fati Elfa

Sommaire

Chapitre I
Une rentrée comme les autres

Chapitre II
A la recherche de l'amour perdu

Chapitre III
Il existe !

Chapitre IV
La rencontre

Chapitre V
L'Epopée

Chapitre VI
Les réfugiés

Chapitre VII
La solitude

Je te vois d'ici...

Chapitre VIII
Le flambeau

Chapitre IX
Le désespoir de vivre

Chapitre X
Le réveil

Chapitre XI
Les autres

Chapitre XII
La cabane du pêcheur

Chapitre XIII
Le grand pardon

Chapitre XIV
La résilience

Chapitre XV
Je les vois tous

Chapitre XVI
Est-ce ça ? La liberté ?

Fati Elfa

Je te vois d'ici...